# 難病日記

三浦綾子

難病日記　目次

# 第一章　病をも神が命じ給うならば

## パーキンソン病とは？

○月○日

元旦《がんたん》早々三浦は、『信徒の友』短歌欄の選歌に取り掛かる。元旦も正月もない忙しさ、気の毒なり。私は朝からトイレに入ったり出たりの繰り返し。便意を感じてトイレに入るのだが通じがなし。トイレを出るとまた催す。近頃の私は、このようにして時間を取られる。はなはだしい便秘。今年もこんなことに終始するのか。

○月○日

教会へ。今年初めての礼拝。この冬は何回教会に出席できることか。

○月○日

エッセイ七枚一気に書き上ぐ。近頃私はほとんど政治に関するものを書かない。テレビのニュースを見ても、何か本当のことを知らされていないような気がするからだ。戦時中、私たちの聞いたニュースは、ほとんど嘘《うそ》ばかりであった。近頃の世の中は、どこか戦前に似てきている。そんな気がする。

○月○日

村田和子さん、アメリカ時代の友人の医師伊藤和則氏と共に来訪。伊藤氏は神経内科の医師なそうな。私にいろいろな動作をさせてみて、ちょっと頭をかしげる。そして曰《いわ》く。

「もしかしたらパーキンソン病か、その症候群かも知れません」

急ぎ検査を要するとのこと。パーキンソン病とはいかなる病ならん。

ともあれ、いっかな病院にも行かぬ私のために、さりげなく医師をつれてきてくださった村田和子さんに感謝。彼女も忙しい人なのだ。その親切無にすべからず。

○月○日

人間、一年にいったい何冊ぐらい本を読めるものであろうか。本といっても様々な種類があるが、私などの読む小説でも、一年に五十冊読むのは大変なことだ。とすれば、五十年生きて二千五百冊しか読めずに一生は終わるのかも知れない。万巻の書を繙《ひもと》くという言葉があるが、先ず万巻の書を完読する人はいないのではあるまいか。旧約聖書にも、〈多くの書を作れば際限がない。多く学べばからだが疲れる〉（伝道の書一二・一二）とある。本は、数さえこなせばよいというものではないのだ。それにしても自分の書いたものぐらい読み上げて死にたいものだ。六十数冊の自作のうち、まだ二冊しか読んでおらず。

○月○日

大西病院にCT検査を受けに。三浦同行してくれる。村田和子さん、病院前の寒い路上に立って私たちを待っていてくれる。受付等事務的処理はてきぱきと和子さんがしてくれる。ありがたし。

CTの装置の中に横たわると、生きながら焼き場のカマに入れられた感じ。

○月○日

夜、三浦、歌手五郎部《ごろうべ》俊朗氏の独唱会へ。但し、いつ心臓発作を起こすかわからぬ私を案じて、村田和子さんに附き添いを頼んでくれる。和子さんとは彼女の高校生時代からのつきあい故、つい何でも頼んでしまう。英語の教師として忙しい毎日なのに。

○月○日

伊藤和則医師よりCTの結果について電話。どうやら私の症状の手の震え、足のよろめきは、パーキンソン病によるものらしい。パーキンソン症候群とどうちがうのか。とにかく病むことを神が命じ給うのであれば、

「主よ、お従いします」

と、祈るのみ。七十年の間に私の罹《かか》った主なる病気を思ってみる。中耳炎、常習扁桃腺《へんとうせん》炎、急性肺炎、盲腸炎、肺結核、脊椎《せきつい》カリエス、血小板減少症、帯状疱疹《ほうしん》、直腸癌等々、実に多い。それらの病気で失われたものは何か。只《ただ》健康だけで、希望も信仰も失うことはなかった。パーキンソン病でどうなっていくかわからなくても、感謝して生きていこう。

○月○日

昨夜不眠。血圧でも高いのか。人が皆寝静まっている時、一人目をぱっちり開けているというのも、何か楽しみに似た心地。しかしこれが幾晩もつづいては体と仕事に支障をきたす。やはりすやすやと眠れることがのぞましい。

○月○日

小説「銃口」の資料を提供してくださった函館《はこだて》の松原聖《みつる》牧師にようやく礼状を書く。戦時中、牧師であられた父上の検挙された記録、まことに貴重なり。

○月○日

朝日新聞東京本社出版部の木下秀男氏、古田清二氏来訪。『ちいろば先生物語』取材のため、古田さんと共にアメリカに渡ったのは、早八年前。終始親切にしてくれた古田さんとのアメリカ旅行を懐かしく思い出す。

○月○日

札幌《さっぽろ》のタウン誌『北の話』主宰者八重樫實氏より随筆依頼の手紙。前回は送稿を全く忘れてしまい迷惑をかけたので、直ちに執筆。「音楽と私」と題する一篇。注意深い読者の中には、私に音楽の素養がないことに気づいている人あり。戦時中、炭鉱街の小学校の教師をしていた時、五十学級のその学校に、僅《わず》か二台のオルガンしかなかった。その頃の生徒を思うと胸が熱くなり、一気に七枚書く。直ちに送稿。このように適当な素材があると早く書けるのだが、月々の連載エッセイ四本二十七枚は、毎回苦しむこと多し。

○月○日

立春。マイナス五度。少し春めいた空気。戸外を三浦と二百メートル程歩く。きょうはこれが限界。しかし外に出ることができたことはうれしい。遠い所も近い所も、必ず一緒に歩いてくれる三浦に感謝。

○月○日

角川書店より、大和正隆氏、伊達百合さん、新刊『母』を持参来訪。遂に、多喜二の母セキさんを書いた小説が一冊となる。表紙は児島昭雄先生の写真、正に絵の如し。夕映えの中に立つ十字架、「母」という題字、表紙の感触、望外の装幀《そうてい》に感動する。初版発行日付は一ヵ月余り後の三月十日付。作品の出来栄えはともかく、小林多喜二という人の重い一生と、残酷な死があって初めて出来た本であることを、決して忘れまい。ともあれ、読んでくださる方が、永遠の審判者なる主なる神の存在を感じ取ってくださることを祈る。

本日、洋子秘書、声が出なくなって午後早退。彼女には珍しきことなり。過労の故か。

○月○日

面会謝絶であった多田愛子さんが会いたいというので、三浦と病院へ。昨日愛子さんから防寒コートが届けられていた。「これを着てください」とのこと。多分形見のつもりの品であろう。私は早速それを着て駆けつける。もう体全体が、身の置き所のないほどにけだるいのではないか。ほとんど口の利けない彼女の傍らで、三浦が祈る。何とか再び立ち上がって欲しいと切に思う。

夜、主婦の友社の上原巖氏、渡辺節氏と「みよしの」で食事中、例の心臓発作。しばし畳に横臥《おうが》。客人の前ながら止むを得ず。脈搏《みやくはく》百三十以上になる以外は、さほど苦しくはないものの、不気味。

○月○日

近頃、しばらく盗汗《ねあせ》なし。感謝。きょうは戸外を七百メートル。まだ一面雪の中。

○月○日

のどより久々に出血。

○月○日

昨日、九州の崎田国和氏より生イワシ一箱。きょうは四国の川口武久氏より八朔《はっさく》一箱贈らる。二人共長年月、筋ジスと戦っているキリスト者。二人共伝道に熱心。常に敬服。この二人のことを思うと、パーキンソン病など愚痴ってはおられず。この頃歩き方がよくなったと、家人に言われることあり。薬が効いているのか。

○月○日

本日多喜二祭。多喜二の死後、いつの頃からか年々記念会が持たれてきた。母親のセキさんを中心に、近藤牧師の司式で、この日多喜二を偲《しの》んだらしい。

四年前取材でおせわになった大館の佐藤博信氏、佐藤浩治氏に手紙と『母』を送本。

○月○日

札幌の姉百合子の家に、朝から幾度電話をかけても話し中。受話器のかけ忘れではないかと、電話局に調べてもらったら、受話器が外れているとか。

「大きな音を送って注意を促します」

とのことだったが、相変わらず話し中。心臓の弱い姉のこと故、受話器を握ったまま倒れているのではないかと、不安が募る。いままでにも救急車で運ばれたことが一度ならずある。札幌の弟に電話をすると弟も心配して、行って見るという。間もなく弟から電話。

「なあに元気でいたよ。電話局からの音が聞こえなかったのは、ワイヤレス受話器を使っていたためらしい」

体中の神経が一度にどっとほぐれた思い。先ずは感謝だが、近頃は様々な電話が出来て、何がどうなっているのやら、便利になったのか不便になったのかわからず。

○月○日
小説「銃口」第二十四回の原稿を読み直し、書き直すことにする。書き直しをおっくうがっていては仕事が駄目になる。

○月○日
またのどから出血。かつて喉頭癌《こうとうがん》を疑われたこともあって、のどの血は気になる。

○月○日
多田愛子さん、召天す。今朝、洋子秘書、教会員の金子マツさん、東松須磨子さんの三人より電話あり。覚悟はしていたが、さすがに落胆。

午後弔問に三浦と。実に美しい死顔。もともと美しい人ではあったが、ふっきれたような清い顔。その愛子さんを前にして、なぜかその死が信じられず涙が出ない。クラスメイトであった時以来五十余年の交わり。何か宙を踏む思いで帰宅。

○月○日

夜、教会で愛子さんの通夜。同級生三十余名が通夜に駆けつけていた。こんなに多くの友を持っていた愛子さん、その人生は正しく神の嘉《よみ》せられた一生であったと、改めて思う。式の間も前後も、洋子秘書、私の体を案じて傍らにつききり。それを見ていたく感動せし人あり。おかげで無事に帰宅。感謝。

○月○日

二月もあと幾日かを残すのみ。陽射《ひざ》しは早くも春めいている。きょうは戸外を八百メートル程三浦と散歩。一万歩には遠いが、とにかくも歩き得て感謝。

○月○日

今年は閏《うるう》年。四年に一度巡ってくる二月二十九日。父の兄である市太郎伯父《おじ》は、約五十年前の二月二十九日に死んだ。伯母《おば》が、四年に一度しか命日が巡ってこないと、情けなさそうに言っていたのを思い出す。

求道者の菅裕子《かんひろこ》さんから送られてきた北寄貝《ほっきがい》とアサリ貝を夕食に。水がきれいな所を選んですむという北寄貝が、私は好きだ。熱湯にさっとくぐらせただけで赤味を帯び、何とも言えないよい味。食べながら、なぜかギプスベッドに臥《ね》たっきりの頃の食事を思い出す。胸に載せたお膳《ぜん》を手鏡に映しながら、来る日も来る日も食事をしていたものだ。自分の目でテーブルの上の食べ物を見、自分の足で歩けるということだけで、どんなにありがたいことか、つくづくと思う。

○月○日

敬愛する牧師常田二郎先生よりお便り。小説『母』の感想なり。何とあたたかい手紙であろう。今まで何十通ものお便りを頂いたが、只の一度もお座なりの手紙を頂いたことなし。ということは、先生がいかに誠実に愛をもって、人の魂に対してこられたかということ。小説の中に出てくる近藤治義牧師とは、共に馬橇《ばそり》に乗って伝道をなさったことがおありとか。じっと遠くに視線を投げる近藤先生のまなざしは、実に印象的で、小説『母』に書かれたとおりであったとか。ありがたきことなり。一日心朗らか。

○月○日

佐藤喜一先生逝去の報に驚く。旭川に生まれ、旭川に住んで、文学に情熱を傾けた先生。『小熊秀雄論考』などの優れた仕事を始め、数々の業績を残された粘りと気魄《きはく》を改めて思う。私の贈る新刊書に、いつも直ちにあたたかき批評を送ってくださった先生。残念なり。まことに残念なり。

○月○日

今年初めての雨。雪の上に降る雨は、三浦の特に好む雨だ。春はもうそこまで来ている。

○月○日

小説『母』の批評が北海道新聞に。評者は多喜二が卒業した小樽《おたる》高商（現小樽商大）教授松本忠司氏。「小説を読んで涙を流すということは、絶えて久しいことであった」という言葉あり。ありがたきことなり。私の訴えたいと思ったことが、そっくりそのまま伝わってくれたことへの感深し。三浦が私に、

「頼むから多喜二の母を書いてみてくれないか」

と言った十余年前を思い出す。書いてよかったと思う。ふとピリピ書の言葉が胸に浮かぶ。

〈あなたがたのうちに働きかけて、その願いを起こさせ、かつ実現に至らせるのは神…
…〉

三浦に願いを起こさせたのは、実に神であって、何の力もない私にそれを書かせてくださったのも、正しく神であったと思う。そのことをしっかりと知っておかねばならぬ。とにかく感謝。

○月○日

『赤旗』日曜版編集長沢田勝雄氏、同記者阿部活士氏、小説『母』についてのインタビューに来宅。お二人共謙遜《けんそん》にして紳士なり。すべては聖名の崇められんことを。

○月○日

右翼、自民党の金丸氏に発砲。金丸氏を国賊と思いこんでの犯行とか。人間には言葉がある。言葉には言葉をもって対したきもの。

○月○日

このところ、小学館、講談社と、『母』についてのインタビューがつづく。

○月○日

残雪を突きぬけて伸び来しものの芽、赤、黄、緑、萌黄《もえぎ》、等々なべて美し。なべていじらし。時間を、季節を司る創造者の御業《みわざ》！

○月○日

近頃の私の生活は、華やかな色彩にあふれている。廊下へのドアや、トイレのドアを開けると、そこにきれいな花束が置いてある。紫、黄色、赤など、壁に倚《よ》りかかるように置いてある。が、あっと思う間にその花たちは消えてしまう。初めの頃は驚いたが、近頃は、今度はどんな花が見えるだろうかと思うようになった。医師に聞くと、パーキンソン病の薬の副作用だという。神は実に様々なプレゼントをしてくださるものだ。何をくださっても、

「ハイ、どうぞ御心《みこころ》のままに」

と、心から従順に身を屈めたいものだ。医師曰《いわ》く。

「珍しい体質ですね。百人に一人、千人に一人しかない副作用でも、三浦さんには必ず出るんですから」

いったい、どういうことだろう。

〇月〇日

午後三時、野口哲夫氏を見舞うべく厚生病院に。野口さんは心筋梗塞《しんきんこうそく》を起こし、救急車で運ばれ、四十日も意識不明の日がつづいた。が、奇跡的に意識を回復したとのこと。不安な思いで訪ねて行く。と、車椅子《くるまいす》でリハビリ室に運ばれる野口さんに廊下でばったり出会う。生きていてくれたと思うと、涙がこぼれる。三十年来のクリスチャン・フレンドだ。まだまだ生きていて欲しい人だ。とうとう生き返った。感謝感謝。それにしても人生いろいろなことがあるもの。

〇月〇日

四月に入ってまだ三日。午後四時気温二十度。異様に暖かい四月初旬なり。戸外を三浦と二キロは散歩。

○月○日

三浦の誕生日。六十八歳となる。若い六十八歳なり。また一年いよいよ若くあれ。

洋子秘書、きょうカラスに襲わる。昨年も襲われたというのに……。カラスは光るものが好きだという。洋子秘書の眼鏡に惹《ひ》かれて襲うのであろうか。大過なくて感謝。

○月○日

三ヵ月ぶりに礼拝に出席。三浦、朝、出かける前、私に三十分マッサージしてくれる。礼拝後、あの人、この人に挨拶《あいさつ》。皆さん喜んでくださる。

## 幻覚

○月○日

幻覚に、人物が現れ始める。影のように、人が部屋隅に立っていたり、座っていたりする。一人のこともあり、数人のこともあり。大人も出て来れば、子供も出て来る。パンツ一枚の小さな子供は愛らしい。彼らに敵意は感ぜず、むしろ親愛の情を覚えるから不思議。それにしても薬というものは恐ろしいもの。

夕方、のどから出血。

○月○日

西村久蔵氏夫人歌さん、黒江勉氏に伴われてご来宅。私の小説『愛の鬼才』の主人公西村久蔵先生の夫人なり。大阪から講演を頼まれ、私に取材に見えたるなり。八十歳を超えて、あまりお丈夫でもない夫人が、意欲は充分。感歎《かんたん》す。附き添って来た黒江勉さんも、西村夫人も、古くからの知人であり、クリスチャン。楽しく昼食をとりつつ歓談す。結核療養中、私はこの二人にどれほど世話になったことか。改めて感謝。

○月○日

柴田淳一先生市立病院退職記念パーティーに出席。柴田先生は三浦の命の恩人なり。三十一年前、手おくれの盲腸炎がからくも助かったのは、先生のおかげ。退院間近の私たちの挨拶に、

「治したのはわたしの力ではありません。あなたの中にある自然治癒力です。わたしはそれに少しお手伝いしただけです」

と言われた先生の謙遜、忘れられず。

○月○日

昨夜、九時から十二時まで動悸《どうき》。脈搏《みゃくはく》百三十。

○月○日

イースター。風、くもり、雨、のち次第に晴れ。

礼拝堂に入ると、思いがけなく五十嵐有爾《ゆうじ》夫妻の姿あり。驚く。

礼拝後、応接室にて夫妻の歌とウクレレ演奏を聞く。森重ツル氏、小林武夫氏同席。有爾氏のウクレレは五十年のキャリア。ハワイを始め、海外各地にも招かれて、讃美歌を奏するとか。すべての才は神に用いられよ。

礼拝後六人連れ立ちて、和風レストラン「かぶと」へ。

○月○日

『三分間の黙想』という本をひらいていたら、
〈自分を捧《ささ》げること、それが、生きることとの条件である。〈ツロ〉
という言葉が目に入る。心の底に、この言葉が大きく響いた。私はどれだけ自分を捧げているだろうか。それを最も重要なこととして生きているだろうか。自分の全部を捧げた方はイエス・キリストだけである。そのキリストの故に、私は生かされている。そのことに新たな感謝を覚える。

○月○日

浅岡貴和子さんより電話。三月に父上受洗されしとの知らせ。私の小説『母』を読んだのがきっかけとのこと。神を畏《おそ》れざるべからず。既に求道者であった浅岡好比古《よしひこ》氏にとって、機は充分に熟していたのであろうが、まことに感謝。

○月○日

『伝承と医学』誌に、エッセイ七枚を送る。冒頭に、今は亡き八代斌助《ひんすけ》牧師のことを書く。先生にお会いしたのは三度か四度。しかし十年の知己のようにあたたかく対してくださった方。中嶋正昭先生が、この八代先生の講演に感歎しておられたことも忘れ難し。「専門用語を全く使わない」と、言ってほめていられたのだ。

夜入浴。三浦四十九キロ、私は四十キロ。三十キロ台に落ちないことを感謝。

○月○日

夕刻、小学館の眞杉章氏と、文芸評論家の黒古《くろこ》一夫氏来宅。二人共、私の小説「銃口」の今後について、熱心に助言してくださる。黒古氏と星野富弘氏は高校時代からの友人とか。俄《にわ》かに黒古さんが身近になった感じ。

話し合っているところに、伊藤和則医師美唄《びばい》市より二人の理学療法士を伴って来宅。早速リハビリの指導を受ける。眞杉氏、黒古氏、珍しげに見学。数人の人の輪の中で、歩いたり、足を上げたり、床に寝たり、何か大道芸人の心地す。その輪の中に入って、もう一人の私も見学しているような気がする。人目にさらされることはいやなことだが、ある時は必要なことだ。いかにもしてパーキンソン病を克服したきもの。

○月○日

わが七十歳の誕生日。今年も幾束もの花を贈らる。昨日は星野富弘さんの誕生日なり。一日遅れたが、星野さんに祝いの電話をかける。黒古さんの来訪を告げると驚かれる。いつも石鹸《せっけん》の匂《にお》いのするような、さわやかな人柄なり。星野美術館のお祝いも申し上げる。美術館は連日多くの人が訪れているとか。どうか富弘さんの生活が侵されないように。聖名が崇められますように。

○月○日

木内綾氏の「雪の美術館」音楽堂で文楽があるという。親切なお招きの言葉にほだされて、出かける用意をしていると、例の心臓発作。不意に脈搏が百三十ほどになる。二十分もすればおさまるだろうと、たかを括《くく》って三浦と共に音楽堂にタクシーで。車から降りると開演時間午後七時も間近で、外で待っていてくれた職員の大山さん、直ちに私をエスコ

ートしてくれる。たまたま朝日新聞旭川支局長の小川氏もいて、

「大丈夫ですか」

と、不安気に片手を取ってくれる。見るからに助け手を必要とするヨタヨタぶりなのだろう。人に手を取られて歩く自分の姿を思いながら、素直に感謝する。

さすがは人間国宝と言われる方々の文楽。その真剣な芸に深く感動。しかし残念ながら、いつもは長くとも二、三十分でおさまる速脈がなかなか治らず、やむを得ず九時中座して帰宅することに。途中、幸いに心臓は元に戻る。九時半夕食。

○月○日

連休始まる。が、著作の仕事に休みなし。洋子秘書休みを返上して出勤協力してくれる。ありがたし、ありがたし。

○月○日

昨夜不眠、夕刻血圧一挙に二四〇に。三浦、私の頭に手を置いて祈ってくれる。何と一七八まで下がる。人間、生きている限り、様々な変調に耐えねばならぬ。自分の血圧ひとつ、動悸一つ、自由にできぬ身なれば。それにしても三浦の手は、何とよく効くことか。

○月○日

昨日は父の命日。今日から五月。今日は前川正氏の命日。血圧二一〇。今日のメーデーは悪天候の中。霙《みぞれ》、雨、果ては夜になって雪ちらつく。海の彼方《かなた》のロサンゼルスでは黒人の暴動ありという。

「主よ、地上に平和を来らせ給え。御旨を成らせ給え」

夜、音楽評論家の浄守《じょうもり》志郎氏より電話。私のために祈ってくださるとのこと。三浦取り次ぐ。涙に詰まる声なりしとも。只々《ただただ》感謝。

○月○日

三浦、昨夜半腹痛。この頃時々腹痛を訴う。何の故ならん。

○月○日

朝目を覚ますと、目の前にニューッと、手が突き出された。肱《ひじ》から切断された男の太い手だ。ああ、これもまた幻覚かと思いながら、薬というものを考えてしまう。薬害に悩むことの、いかに多いことぞ。

夕暗む頃、不意に、今月中に自分が死ぬような気がした。三浦に言うと、三浦笑って取り合わず。こんなことを口に出すのも、幻覚の影響か。

○月○日

今日また血圧二四〇に。二回目に測ると、一四〇に。手も当ててもらわぬのに。こんなに不意に上下してよいものか。

○月○日

新潮社より宮辺尚《たかし》氏、私市《きさいち》氏来宅。文庫本出版打ち合わせのため。以前に刊行された単行本『生かされてある日々』の文庫化なり。歓談中宮辺さん曰《いわ》く、「今までの姿勢を決して変えないでくださいよ」と。一つの目的を持って生きることのむずかしい世の中であることを、氏の言葉はもの語っている。心ひきしまる思いなり。神の導きなければ成し得ぬこと。

○月○日

晴れ、二十度。夕刻旭山公園までドライブ。桜はいまだ。今年もこの旭山の丘に立ち得たことを感謝。エゾエンゴサク、カタクリの群落、純白のこぶし、何《いず》れも美し。花を見るだけでも、神の恵みは限りなし。死後どこに行くのかと、時に不安に思うことあれど、この世をかくまで美しく創造された神は、天の国をこの世より遥《はる》かに清く美しく香《かぐわ》しい所として、備えておられるのではあるまいか。

○月○日

寝汗どっぷり。寝巻き二枚取り替える。寝汗はパーキンソン病の症状の一つとか。わが家の庭の桜咲き初む。自分の庭のものと思えば、一本の桜さえ特別の愛情を覚えるなり。不思議なり。この世を創り給いし神は、この世をいかばかり愛し給うことか。何か身も心ものびのびとする思い。

○月○日

PKO法案成立へと、自民党熱心。危うきかな日本。

○月○日

三浦、今朝下血。久しぶりなり。三浦相変わらず動ぜず。

水仙、こぶし、芝桜、たんぽぽ、桜、れんぎょう等々美し。

○月○日

朝起きると三浦言う。

「綾子、昨夜大声で寝言を言っていたぞ。大声が出せるということは、回復の兆しだ。よかったね」

然り、よかった。パーキンソン病になってから、私の声は小さくなったのだ。眠りの中で大声が出るということは、起きていても大声を出せるということだ。

今日二十二度。

○月○日

夜、N子さんより電話。離婚後は何れの姓を名乗るべきかとの相談なり。子にも妻にも愛情なく去った相手の姓をそのまま引き継ぐことも大変ならむ。心重し。

○月○日

晴れ。三浦、伝道集会講演奉仕のため、午後日本基督教会旭川教会へ。「人間の苦難と希望」という題なり。私が講演できぬため、三浦への依頼となったのだ。三浦四時過ぎ機嫌よく帰宅。訴えたいことを語り得たのであろう。坂井扶美氏、内沢千恵氏も来ておられたとか、うれしきことなり。

○月○日

気温二十五度。私は暖かさが好きだ。人間は元来、暖かい地に裸で生きるように造られているのかも知れない。

○月○日

三浦、今朝六時四十分起床。「寝坊した、寝坊した」としきりに嘆く。寝坊したという時間ではあるまいに、日頃六時前に起きることの多い三浦には、さぞ時間が惜しかったのであろう。とにかく朝から、夜までくるくるとよく働く人なのだ。

「天の父は今に至るまで働き給う」

と、半分冗談を言いながら。

○月○日

離婚したN子さん。幼子と二人で、遂に旭川を去る。どんな思いで去って行ったことか。

〈神の守り汝《な》が身を離れざれ〉。

## 正しい者には災が多い

○月○日

詩篇第三四篇一九節の、

〈正しい者には災《わざわい》が多い〉

という聖句が目に入る。ここには祟《たた》りの思想が全くない。見事なまでにない。パーキンソン病になって以来、私は、

「どうしてあなたは、そう幾つもの病気にかかるのでしょうね」とか、

「あなたのような人が病気になるなんて、不思議ですね。神さまは何と考えているのでしょう」

とか、これに類する慰めの言葉を幾度か聞いた。それにはあたかも、正しい者は災に遭うことはない、と決めてかかっているようなニュアンスがあった。私は自分を決して正しい人間だとも、よい人間だとも思っていない。もしその行状によって災がふりかかるものならば、私のようないい加減な者は、病気の四つや五つですむ筈《はず》はない。もっともっと大

きな災がふりかかってきても不思議はない。そんな人間なのだ。

とにかく、〈正しい者には災が多い〉とは、何と深い思想であることか。キリストは十字架という最大の災を負われた。そのキリストの苦しみにもあずからねばならぬと、パウロも言った。

○月○日

結婚三十三年記念日。今日の天気は珍しくくもり。偶然とはいえ、この私たちの結婚記念日は毎年ほとんど晴れであった。もとより雨の日であれ、晴れの日であれ、神の恵みに変わりはなし。さてあと何度この記念日を迎え得るや。

三浦、シャックリ。一日に六回も。シャックリは不気味な症状。長くつづけば死ぬとか。六回で終わって感謝。

○月○日

散歩に出てクラスメイトの仁田原豊子《にたはらとよこ》さんに会い、ちょっと立ち話。何と彼女は昨年春以来、味覚も嗅覚《きゅうかく》も全く失っている由。これは大変なことだ。慰める言葉もなし。しかし偉い人だ。再々会っているのに一度もそんな話をしたことがない。いつもにこにこと朗らかなのだ。もし私がそんな身になったら、こうも明るく生き得るだろうか。さすがは「友の会」のリーダー格。

○月○日

便秘。昨日もきょうも浣腸《かんちょう》でようやく排便。一日晴れ、暑し。夕方、西向きの部屋三十二度。真夏の暑さ。

○月○日

小説「銃口」取材のため、目加田祐一氏の案内で、自衛隊の敷地の中にある北鎮記念館に。かつての第七師団の記念品が並べられている。召集令状、軍隊手帳、各種銃機等々。毛筆で寄せ書きされた日の丸、カーキ色の軍服、出征兵を送るのぼり等に涙あふる。幾万の兵士たちの戦地へ赴く姿が目に浮かんで耐え難し。ざくざくと土を踏む軍靴の音が耳に甦《よみがえ》る。

営門に若い自衛官数人おり。中に女子自衛官もまじる。弾丸に死ぬことなかれと祈りつつ門を出る。

帰途、道北病院に三浦の義兄を見舞う。戦時中陸軍病院であった所。白衣の兵士たちが庭を散歩していたものだった。あれから五十年。しかし戦争の危機が、またしても近づきつつあると思われてならず。

○月○日

午後小熊秀雄賞受賞パーティーのため、ニュー北海ホテルに。受賞者は女性詩人佐川亜紀氏。特別受賞者は、有名な在日詩人、韓国人金時鐘氏なり。筋金入りの詩人であること、その講演にひしひしと感ず。氏は三浦を指して、

「ご主人ですか、ご子息ですか」

と問う。周りの人皆大笑い。

○月○日

三浦、春以来とみに早起き。その故かこのところ夕食後居眠り多し。

○月○日

元同僚内沢千恵さんより頂いたアスパラ、何という甘さ。堆肥《たいひ》のみの自然な味。今までにこれほどの甘みのあるアスパラを食べたことなし。農法のあり方を改めて思う。農法が

改まれば、改まることが実に多くあるのでは……。

○月○日

洋子秘書、今日も資料室の整理に全力を尽くす。私の著書、取材時のノート、写真、ビデオ、掲載誌、講演テープ等々、大変な仕事なり。感謝。

○月○日

午後、三浦、旭川医大の大学祭にスピーチのため。「塩狩峠」の映画数回上映の中間に三十分話してくる。私は体調すぐれず、同行できず。反応よかった由。何より。

○月○日

昼食に雑炊。戦時中の米粒がどこにあるかと思うような雑炊とはちがって、おいしいものの一つ。頂いたスッポンスープも入っていて、むしろ贅沢品《ぜいたくひん》。

「主よ日毎の糧を日毎に吾らに与え給え」

地上には何十万、何百万の人が飢えつつあるという。

○月○日

尊敬する児童文学者、灰谷健次郎氏よりお手紙。私の小説『母』に、「一、二年分の涙を流しました」とのこと。只々ありがたし。

○月○日

思いがけなく牧師定家都志男《さだいえとしお》先生ご夫妻ご来宅。八十歳を過ぎて、なお多くの魂のために祈りつづけるその毎日に感動。

今日も郵便物多し。

○月○日

時の記念日。読者の一人から、「時間はいつから始まったのか」と尋ねてきたことがあった。考えてみると、全く時とはいったい何だろう。一日二十四時間と定めた知恵は、誰が誰に与えたものなのだろう。一年三百六十五日、一日二十四時間という時の定め方に、私は何となしに、時が地球の周りをぐるぐる回っているような感じ方をしたことがある。しかし、時とは無限につづく一つの流れのようなものではない。長い長い果てもない長さの一筋の流れ。一度過ぎ去ったら、決して再び戻ってくることのない時。この時は、どこから来てどこへ行くのか。私たちの起きている間も眠っている間も、休むことなく流れて行く時よ、いったいお前は何なのか。人が生まれ、死に、また生まれ、また死に、幾度くり返しても、幾万回くり返しても、時は姿を変えることがない。私たちの生は、時にとって何なのか。そんなことを思いつつ、時の記念日の時を過ごす。

○月○日

パーキンソン病の往診に、ドクター伊藤和則氏来宅。お目にかかる度に思うのだが、この先生は何と人の心を和らげる不思議な先生だろう。いや、和らげるというより、のびやかにさせる。今までのところ、この先生は拒絶するという姿勢を全くとらない。どんな質問も、勝手な言い分も、ふところ深くのみこんでくれるところがある。学ぶところ多し。

○月○日

夕刻、近くの「めぐみ教会」で、五十嵐健治先生の生涯をダイジェストした伝道ビデオ「雪よりも白く」の試写会あり。実に感動的。先生は十九歳で受洗。以来九十六歳まで、神一筋に生きられた。クリーニング業という仕事も、神の御業を証するためであった。晩年、多くの人の名も忘れるようになられた頃、

「何もかも忘れましたが、キリストさまのことだけは忘れません」とおっしゃっていられたとか。私の療養中、はるばると東京から、幾度お見舞いにお出でくださったことか。涙しつつビデオを見終わる。制作企画の小林武夫氏にも感謝。夕食は八時半、五十嵐健治先生のご子息有爾《ゆうじ》氏ご夫妻、小林氏ご夫妻、石黒安子氏、森重ツル氏と共に、大舟にて。北海道のカレイ、ホッケ、カニその他素朴な北海道の魚の味を喜んでくださる。

〇月〇日

十年つづけてきた婦人の平和と自立を願う会「オリーブの会」の例会を、私の体調が崩れたため、しばらく休むことにして、今日集まった一人一人に挨拶《あいさつ》。再び継続し得る日が来るや否や。

〇月〇日

遂にPKO法成立。
「日本が再び大きな亡国への道に踏みこんだのではあるまいか」
三浦しきりに慨嘆。かつて、「東洋平和のためならば、何で命が惜しかろう」という歌があった。ほとんどの人が、何の疑いもなくそう思ったものだった。今にして思えば、恐ろしいことであった。

PKOへの三浦の慨嘆が、単なる杞憂《きゆう》であればよいのだが……。

○月○日

小説「銃口」の取材。三浦の兄とその友人伝法《でんぽう》さんに、当時の軍隊生活について長時間電話。軍隊生活というのは、その人その人で体験の異なること多し。時に天と地のちがいもあるとか。何れにせよ、命がけの体験を聞く。

○月○日

私たち夫婦の出会いの記念日。あの日私はギプスベッドに仰臥《ぎょうが》していた。出会いとは何と神秘的な出来事であろう。人間、誰かに会おうとして必ずしも会えるものではない。まさか寝たっきりの私が、その後五年目に結婚するとは夢にも思わぬことであった。あの日三浦のうたってくれた「主よ、みもとに近づかん」の讃美歌、今も耳にあり。

それはともかく、最大の出会いはキリストとの出会いなり。

○月○日

夕食後突然プロテスタントのシスター、スミルナさんとオリビヤさんが、藤木牧師と共に来訪。明るい笑顔、澄んだそして健康な笑い声、神への敬虔《けいけん》な思いに輝く目。何のおしろいっけもない二人の美しさに目を瞠《みは》る。プロテスタントにもシスターのいることを、初めて知る。「われらの国籍は天にあり」をつくづく思う。

○月○日

「銃口」第二十七回送稿。今回は未経験の軍隊生活を描くため筆が進まず苦心する。恐る恐る送り出す。

○月○日

夏至。一年の中で一番昼の時間の長い日、と小さい時から聞かされてきたが、何と不思議な宇宙の動きであろう。誰が計算してこのように造ったのか。私たち人間の想像をはるかに超えた方が、この宇宙を司っていることを改めて思う。天の法則と秩序を定めた方が、私たち人間をも造ってくださったのだ。感謝せざるべからず。安心せざるべからず。

夕刻、石井錦一牧師、児島昭雄先生、末瀬昌和氏、飯光さん来訪。『信徒の友』連載の打ち合わせと問安に。主にある交わりは楽しきかな。大いに力づけられる。石井先生は札幌での仕事を終え、末瀬さんたちは遠軽《えんがる》家庭学校取材の帰途。

○月○日

小学館『本の窓』編集長眞杉章氏より電話。恐る恐る送り出した「銃口」第二十七回、口を極めてほめてくださる。氏は決して人をくささぬ方だ。情熱をもって原稿を読んでくださる方だ。人を立ち上がらせる名人なり。ひとまずほっとひと息つく。

○月○日

定家都志男牧師主宰の『祈りの細胞』に一枚半送稿。『祈りの細胞』誌によって、どれほど多く、祈りについて学ばされたことか。『週刊女性』誌にも七枚送稿。毎回、楓《かえで》久雄氏の美しい挿絵に支えられていることに感謝。

○月○日

午後二時室蘭《むろらん》から女学生時代の仲よし橋本百合子さんが、旭川在住の同窓生金子マツさん、佐藤啓子さん、武田秀子さんと共に来訪。五十年前の少女時代に戻って楽しいひと時。

しかし、今年、多田愛子さんが亡くなった一抹の淋《さび》しさが、誰の胸にもある様子。みんな幸せに長生きして欲しいと切に思う。

○月○日

松下政経塾の塾頭上甲晃《じようこうあきら》氏夫妻、三人の塾生とお訪ねくださる。私の書いたものを何冊も読んでくださってのご訪問。塾生の一人は、私の小説を読み、科学から福祉へと進路を変えられたとか。どの方も謙遜《けんそん》なり。塾生となる資格に、金持ちの息子でないこと、政治家の息子でないことを聞く。心に沁《し》みる。

○月○日

心にかかっていた鈴木博さんを病院に見舞う。ベッドに寝ていた鈴木さん、いくらか顔が黄色い。黄疸《おうだん》が出ると体がだるいと聞くが……。鈴木さんは忠実な、そして有能なキリスト者だ。どうか主が再び彼に力を与えられますように。十五分ほどで辞す。帰りにはエレベーターの前まで送ってくださる。少し安心。

○月○日

昨年来、求道中の女教師菅裕子《かんひろこ》さん、釧路市に近い音別《おんべつ》より来訪。約束の夕方五時から九時まで、食事を交えて語り合う。音別から釧路の教会までは車で一時間半もかかる由。その熱心が豊かに結実しますように。

○月○日

聖日。菅裕子さんも礼拝を共に。

夕刻、三浦、小学校時代の同窓会へ。少年時代の三浦をあれこれと想像しながら、その留守をまもる。三浦の歌に次の如き作あり。

うまきものは後に箸つくる吾がならひ貧しき生立ちはかく育てたりき

無産党振はぬを祖父の嘆き言ひき聞きて口惜しみき少年吾も

山村の貧しき開拓農家に預けられて育った三浦を思うと、いじらしくてならず。どんな夫婦でも、相手の幼少の日を思いやると、こんな気持ちになるのではあるまいか。

# 不整脈

○月○日

朝、三浦、私の足の爪《つめ》を鋏《はさみ》で切ってくれる。パーキンソン病の私は、手がふるえて自分の爪もたやすく切れなくなった。世話をかけることなり。面倒がらずに進んで爪まで切ってくれる三浦に、心から感謝。

午後、三浦思い立って旭川営林支局へ。退職後早二十五年半なりとか。在職当時おせわになった人たち幾人かにも会い、喜んで帰宅。

一日晴天、暑し。今日で六月も終わり。先ずは半年が終わる。〈主の山に備えあり〉。後の半年も、主の御手に委ねること。

○月○日

三浦、朝五時十五分に起床せしという。ラジオ英会話もカットして仕事。私の病気のために一段と多忙になったのだ。早起きしなければ手紙の返事も書けなくなったのだ。申し訳なし。

○月○日

受洗記念日。一番意味のある日。神の前に心から頭《こうべ》を垂れねばならぬ日。「初心忘るべからず」。導いてくださった、今は亡き西村久蔵先生、故前川正さん、故菅原豊先生を思い、そして越智一江さんを思う。

午後、元朝日新聞旭川支局長小池省二氏、奥様と共に札幌より。お二人は神が私に与えた友の一組なり。弟夫婦にも似た思い。お二人を雪の美術館、見本林に案内。美しい丘には三浦のみが同行。私は体調優れず丘まで同行できず残念。

○月○日

三十度を超える。二日つづけて寝汗なし。入浴、四十一キロに！　一キロ増加、バンザイ。

○月○日

二十八年前の今日であった。小説「氷点」入選の記事が朝日新聞に載ったのは。父も生きていた。母も生きていた。道夫兄も、都志夫兄も、弟昭夫も生きていた。三浦の母も生きていた。みんな心から喜んでくれた。喜びは何倍にもなった。この日を忘るべからず。主の恵みを忘るべからず。親きょうだいの恩愛を忘るべからず。背後の祈りを忘るべからず。

○月○日

八十八歳になられた鈴木秀子先生を囲んでの同期会、十二時より花月会館にて。私も時間をやりくりして三十分程参加。八十八歳とも思われぬ先生は、いまだに東京で洋裁学校を経営とか。敬服のほかなし。同期生の中に何年ぶりかの顔あり。もっと同席していたかったが「銃口」執筆のため退席帰宅。友人の一人の言葉。

「わたしは女学校卒業以来、一度も病気をしたことがないんですよ」

を幾度も思う。立派なり。

○月○日

午後二時、故囲碁九段木谷實氏のご子息木谷正道氏並びに小林光一名人のご両親突然ご来訪。小林名人は木谷九段の女婿《じょせい》なり。正道氏は私の著書の熱心な読者とか。まことに謙遜な態度でご挨拶《あいさつ》くださり、恐縮の至り。両手で私の手を握り、「くれぐれもお大事になさってください」と言われる。真実な声音に胸熱くなる。書く勇気が与えられる。残念ながら玄関のみにて帰られる。

○月○日

主婦と生活社より赤松千鶴《ちづる》さん、私のスナップ撮影に。彼女はクリスチャン。私のエッセイ連載の担当者。担当者が同じ信仰者であることの心強さ。今後もよき題材を与えられるよう祈って欲しいと頼む。

編集・出版の担当者でキリスト者は、本誌『信徒の友』やいのちのことば社を別にしても、朝日新聞の門馬義久先生外、今まで幾人かおられた。神の備えを思わずにはいられず。

○月○日

聖日。常田二郎先生の説教。遠く神戸より来られてのご奉仕。先生の説教はいつもながら心に沁みる。否、魂に沁みる。いかに熱い祈りを捧《ささ》げていられることか。

○月○日

しばらく鳴りをひそめていた心臓の異常、きょう三度も起きる。脈搏《みゃくはく》百三十を超え、時に不整脈も。この程度の異常は、老化現象のひとつとか。幸いきょうは短くて終わったが、何の前ぶれもなく突如襲ってくるこの発作は、死の予告に似て不気味なり。

○月○日

街で、亡き母によく似たうしろ姿を見た。言い様もない懐かしさで胸が一杯になる。「思い出した日が命日」という言葉がある。しみじみと深い言葉だ。

○月○日

参院選挙。案の定自民党の勝利。棄権率五十パーセントとか。国民の半分は政治に絶望しているということ。

○月○日

暑い一日。三十度を超えた。「暑い暑い」と言いながら、やはり夏は暑いほうがよい。今年はまだ二十度を超える日が数えるほどだ。なぜか人間の罪深さの故のような気がしてならず。

○月○日

洋子秘書から座布団五枚を贈らる。今年で勤続二十年になる。夫君の転勤で、一時期何カ月か釧路に行っていたことがあった。が、間もなく旭川に帰り、また秘書になってもらった。実にまじめによく働く。当初、日曜日は休み、土曜日は半ドンという約束だったが、途中、自分から土曜日も全日働かせて欲しいと言い出して、週六日全日勤務してくれるようになった。週休二日制が叫ばれている現代、なかなかできぬことなり。

○月○日

雨。徳島県鴨島《かもじま》の牧師伊藤栄一先生より電話。伊藤先生は八十八歳であられる。昨夜、東北地方の伝道から帰られたところ、私の送った小説『母』が着いていた由。先生は早速『母』を読み始め、更にきょう午前中に読み上げられたとのこと、感動に満ちたお声でおっしゃってくださる。私たちは驚いた。東北への伝道旅行だけでも大変なのに、帰られてすぐに、夜、本を読み始められるとは！　しかも、読み上げて長距離電話まで下さるとは！　若い人でもこういう真似《まね》はそうそうできはしない。精神がみずみずしいのだ。〈泣く者と共に泣く〉心が豊かにあられるのだ。九十歳近くなられる現在まで、国の内外から伝道集会に招かれる秘密は、ここにあるような気がした。確か、「百歳といえども、なお若い、といわれる時が来る」という意味の言葉が聖書にあったような気がする。先生が百歳までもお元気で福音の伝道をなしつづけてくださることを心から祈る。

○月○日

朝、気温十一度。早速ヒーターを入れる。八月に入ったばかりでこの異常気温。心配なり。

○月○日

三浦、朝五時に起床。六時より早くも本誌『信徒の友』選歌の浄書。選歌というものは、かなり気骨の折れるもの。一字違っても歌の意味は大きく変わる。掲載誌が信仰誌であるだけに、信仰歌でありさえすればよいというわけにはいかない。一首一首注意深く読んでは選をしていき、入選歌が決まれば原稿用紙に浄書し、評を書く。これらのことに前後三日はかかる。私の小説の口述の筆記や、その他の仕事の間隙《かんげき》を縫って三浦はこれに当たるのだ。早朝五時に起きねば間に合わぬこともある。ご苦労さま。

○月○日

夕刊に松本清張先生逝去の報。昨夜十一時十四分亡くなられた由。遂に巨人松本先生は倒れたり。一作一作がすばらしかった。それを休むことなく、先生は書きつづけられた。何という偉大な創作力であったことか。誰をも憚《はばか》らず恐れず、そのペンは鋭かった。『黒い霧』とその一連の作品、数多くの推理小説、古代の歴史等々、よくぞ次々とぼう大な資料を読みこなし、それを血肉として、存分に、自在に、書き上げられたものと、只々讃歎《さんたん》するのみ。

幾度か私たち夫婦と食事を共にしてくださり、全集一揃《ひとそろ》いを贈ってくださったこともあった。旭川で、一人こつこつと小説を書いている私に、絶えず暖かい言葉をかけてくださった。つい先日も、奥さまから病中の先生のご様子をお知らせくださる手紙がきたばかりであった。あたたかい人が亡くなられた。ご遺族への神の御慰めを切に祈る。

○月○日

朝起きて、すぐに広島を想った人は、全国に幾人いるだろう。絶対に忘れてはならぬこの原爆の日を。しかし、遠い日の出来事として、自分には関わりのないこととして、忘れている人のどんなに多いことか。三浦曰《いわ》く。

「原子爆弾！　この恐るべき人間の知恵の所産！　人間よ驕《おご》るなかれ」

神はこの世を創造された時、人間がこのような恐ろしい凶器を持って、一挙に何十万もの人間を殺し、自然を破壊する暴虐をあえてするとは、お思いにはならなかったのだろうか。それともお見通しであったのか。なぜこんな暴虐を黙って見ていられるのであろうか。

人間が人間を一人殺したら殺人犯として死刑、数万を殺したら英雄。そんな馬鹿な話がまかり通る世界とは、いったい何であろう。神の御旨はわからないが、私たちが手を拱《こまね》いて見ていることを、神が喜ばれるとは思えない。

「神よ、聖名が崇められ、聖国が来ますように」

○月○日

オーストラリア在住のヘイマン先生夫人ご召天。私が『氷点』を書き、『塩狩峠』を書いた家を、先生ご夫妻は教会とし、牧師館として住まわれた。風呂《ふろ》もない家であった。百メートル程離れたわが家に、週に一、二度入浴にお出でくださったことを思い出す。日本に来ないで、オーストラリアにおられたならば、女医として、家族と共に楽しい日々を送られただろうに。遠い日本に来られて、日本語を使って暮らさねばならなかった。にもかかわらず、決して豊かではないその伝道生活の中で、夫人は笑顔を絶やさなかった。

私は、遠く母国を離れて、見知らぬ他国において、一心に伝道をしている宣教師先生たちの姿を見ると、言い様もない感動を覚える。生まれ育った国を離れ、愛する家族と別れる。それだけ多くのものを、私は神に捧げることができるだろうか。ヘイマン先生の悲しみを思って、終日心痛む。

○月○日

永眠者記念礼拝。塩狩峠に若い命を捧げた信仰の人長野政雄さんを始め、多くの信仰の先達の一生を思って襟を正す。

午後ニュー北海ホテルにて、坂井フミ氏のご主人の召天一年記念会あり。三浦と出席。坂井フミさんとご息女、日本基督教会旭川教会において、次週ご受洗の由、北村牧師より伺う。うれしともうれし。ご主人の死後一年間に、その影響が大きく実ったのであろうか。婦人の自立と平和を学ぶ会に、共につらなっているだけに、感謝感激ひとしおなり。

○月○日

京都世光教会の牧師後宮《うしろく》先生ご夫妻ご来宅。相変わらず温和な先生、そして明るい松代夫人なり。松代夫人は、私の小説『ちいろば先生物語』の主人公、榎本保郎先生の妹さんである。後宮先生はこの小説にも登場するすばらしい信仰の持ち主。お目にかかるのは何年ぶりか。

今夜は大雪山勇駒別《ゆこまんべつ》に宿泊、明日は旭岳の中腹を歩かれる予定とのことだが、先生は膝《ひざ》を痛めておられる。それではロープウェイの駅に行くにも大変と、三浦は心配して早速先生の膝に手を当てる。三浦得意の掌療法である。歓談中、小一時間手を当てると、先生、

「楽になりました」

と喜ばれる。なかなか効果あるものなり。手当てとは言い得て妙なる言葉なり。無事ご旅行できますように。

きょうの新聞に、天皇訪中を首相が決断せしとの報あり。三浦曰く。

「畏《おそ》れ多くも聖断に先立って、臣が決断をなすとは何事。はてさて、奇っ怪至極なる国なるかな」

これは三浦の皮肉なり。

○月○日

午後、朝日新聞東京本社学芸部長五十嵐智勇氏ご来宅。しみじみと情のある人なり。足が痛くて正座できぬとのこと。昨日、後宮先生に手当てをして上げたこと、きょう旭岳の中腹を楽に歩けたことなどを告げ、三浦、五十嵐氏にも膝に手を当てる。氏が帰る時、無意識に正座して頭を下げ、

「あれ!? 不思議ですね、座れました」

と言われる。共に喜ぶ。聖書に〈手を当てなば癒えん〉とあるように、私たちすべての人に、神は様々なよい方法を与えてくださっていられるのだ。それを用いるか否かということかも知れない。

〇月〇日

ふと思い立って『三分間の黙想』をひらく。

〈一度もだまされたことのない人は、よいことをしたことのない人にちがいない〉

リュベルト・マイエルという人の言葉。人間性を衝いた言葉なり。またこんな言葉もある。

〈自由な人とは、いつも死の覚悟のできている人である〉（ディオゲネス）

正にそのとおり。私たちが真剣に何かしようとする時、それを阻むのは、命に危険がお

よぶのではないかという危惧《きぐ》である。

〇月〇日

三浦に足の爪《つめ》、手の爪を切ってもらう。パーキンソン病は、時折手足がふるえるので、自分の爪さえ切れなくなる。三浦は器用に鋏《はさみ》で、ぱちんぱちんと気持ちのよい音を立てて切ってくれる。すまないとは思いながらも、ここにも一つの幸せがあると、しみじみ思う。しかしこれから死ぬまでの間、いつも爪を切ってもらわねばならぬかと思うと、三浦に気の毒でならず。

〇月〇日

朝、目を覚ますと、机の横に男が一人、横顔を見せて座っている。どうも白人種らしい。これも幻覚と思いながら見つめる。と、彼はタバコを咬《くわ》え、ライターで火をつける。思わず私は、

(危ない!)

と心の中で叫んだ。タバコの煙が寝ている私のほうに漂ってくる。タバコの匂《にお》いがする。幻覚とは言え、ライターの火だけは本物のように見え、火事になったらどうしようと起き

上がる。途端に男の姿も、タバコの火もかき消えた。要するに薬の副作用ということ。

○月○日

三十二度。北の街の三十二度はありがたい。泳ぎの出来る日が、ひと夏に幾日もない北国には、こよなくうれしい暑さ。にもかかわらず、四、五日つづくと「暑い」「暑い」と、朝から晩まで文句たらたら。これが私たち人間の姿。神の恵みにも、かくの如く文句を言うのが人間。

○月○日

三浦の従妹《いとこ》森一子さん一家五人、福島より来宅。明るく仲よき一家なり。一子さんは、たまたま私の小説『氷点』の入選当時、来旭していたとか。以来二十八年ぶりの来旭。当時少女だった一子さんが成長した子女の母となって現れる。時間というものの限りない不思議さ。

○月○日

鈴木博兄の通夜、旭川六条教会にて。昨夜駆けつけた時の鈴木さんは、瞼《まぶた》がひくひくと動いているように見えて、亡くなったとは思えず。

「でも、冷たくなったのです」

英子夫人の言葉に、三浦その額《ひたい》を撫《な》でる。正しく現実の死に言葉もなし。人に死なれていつも思うことは、

(愛が足りなかった)

という悔いのみ。

〇月〇日

鈴木博兄の葬儀。牧師常田二郎先生、神戸より来りて弔辞。その弔辞に心刺される。戦後の教会にあっての奉仕活動を改めて知る。一貫して完全燃焼の信仰生活であられた。私の療養中、常田先生と二人で、よく療養所伝道に来てくださったことも、今は只《ただ》懐かし尊し。

夕刻六時、高野斗志美教授、中国へ向け旭川駅を発つ。ご家族はじめ幾人かとプラットホームに見送る。只一年の別れと思えど一抹の寂しさを覚ゆ。中国東北部の酷寒に、高野先生よ、無事に堪えて所期の目的を果たされんことを。いつも私如き者の文学作品にあたたかい論評を書いてくださる先生なり。三浦と村田和子さん、デッキに進み寄り讃美歌

〈神共にいまして……〉をうたう。然り、神共にいませ。

○月○日

くもり、のち雨、むし暑し。

夕刻四時半、有馬隆氏来宅。氏は元教師で旭川市パーキンソン病友の会の会長なり。一時間余り、いろいろとアドバイスをいただき大いに励まされる。かつては言語明晰《めいせき》を欠き、妻以外の者には意思が通じなかったという。今はそれが信じられぬほどの話しぶりなり。とにかく希望を失わぬこと。

○月○日

このところ連日盗汗《ねあせ》。盗汗はパーキンソン病の一大特徴であるとか、油断すべからず。睡眠中にかく汗を、「寝汗」のみならず、「盗汗」とも書く日本語の微妙さを、夜中寝巻きを取り替えながら思う。

ところで自分の好きな字というものがあるものだ。私は「思う」より「想う」が好きだ。「悲しみ」より「哀しみ」のほうに心惹《ひ》かれる。「涙」よりも、私は「泪《なみだ》」をよく使う。活字となった時、字面から受ける印象がかなりちがってくる。そんなことも眠られぬままに考える。

○月○日

『夢幾夜』のあとがきを角川書店に送稿。

夢を見たことがない、という人がある。見たとしてもほとんど記憶しないという人もいる。いったい夢を見ないのが熟睡の証拠か、長い夢を見るほうが熟睡の証拠か、と思うことあり。聖書の中の夢を見た人物たちは、熟睡したのであろうか。

○月○日

前進座の旭川公演。

午後三時半、前進座の俳優嵐圭史氏、制作担当の及川氏と共に来宅。正に生き生きと生きている人たちなり。私の小説『母』の舞台化について話し合う。

夜、嵐氏主演の「怒る富士」を観劇、弱い者の側に命を張って生きた代官の姿に大いに感動す。

本日、自民党副総裁金丸氏辞任の報。金丸氏にも政治家としての所信なるものがあったにちがいないと思うが……。終わりを全うするということはむずかしきものなり。いっさいの企業・団体の献金を絶対に禁止すること。金がものを言えない政治に早く切り替えること。その例は外国にもあるようだ。

○月○日

十日ぶりに盗汗なし。夜半に寝巻きを替えることなく眠り得たことを感謝。

○月○日

今日より九月。夜、夏ものの掛け布団を冬ものに替える。目眩《めくるめ》くような夏の暑さの好きな私には、八月の去ったことが淋《さび》しい。しかし、とにもかくにも今年の秋を迎えることが許されて感謝。去年は、毎日命の火が消えていくような感じだった。今年は何か力が少しずつ湧《わ》いてくるような感じ。ふと、青山茂重氏の、

「生きているのに文句を言うな」

と書かれた一文を思い出す。

○月○日

昨日、旭川市の五万世帯が断水となった由、新聞にて知る。一昨夜の雷雨によるとか。

もし、原子力発電所に雷が落ちたらどうなるのか、ふと連想する。人間のすることは結局人間のすること。いついかなることが突発するか、人間には読み切れず。すべてを見通す方は全能の主のみ。

○月○日

近頃、二度ほど、

「書きまくってますね」

と、にやにやされた。ちょっとつづけて本が出ると、人は私が朝から晩まで、ねじり鉢巻きで原稿用紙と取り組んでいる姿を思い浮かべるのだろうか。私は「氷点」入選以来二十八年間に、六十数冊の本を出した。が、別段書きまくってきたわけではなく、只一日一枚でも書くように心がけただけだ。一日一枚でも、一年では三百六十五枚になる。一冊の本になり得る。今日も明日もなるべく書くようにしてきただけだ。むろん、ペンを持てない私は口述してきたわけだが、三浦の協力がなければ一日一枚もむずかしかったにちがいない。

○月○日

晴れ。午後二時、札幌文化団体協議会の一団四十名、観光バスにて来宅。会長山内栄次氏外。それぞれ文学の勉強をしている方ばかりと思うと緊張する。一行の中には評論家の小笠原克氏も。山内氏は戦時中、特高に尾行された尊敬すべき「サムライ」。

○月○日

後藤憲太郎兄、松田静子《しずこ》姉の婚約祝福祈禱《きとう》会が豊岡教会礼拝後に持たる。お二人の幸せを心から祈る。そのパーティーで浅岡貴和子さんと、その父好比古《よしひこ》氏に会う。好比古氏は、私の小説『母』に感動して受洗された方。これまた主によって与えられた交わり。感謝なり。

○月○日

六条教会恒例のバザー。例年、色紙コーナーで、自分の色紙にサインをして売子を務めたのだが、今年は十五枚の色紙を出品しただけで精一杯。手がふるえ、字がこじけて、到底出品も無理と思ったが、出品できただけでも感謝。昼食時にのみ参加して帰る。毎年いつまでも同じ奉仕をしたいものだが、この世の命は永遠のものならず。衰えた時は衰えたように、素直に手を引くべきか。三浦の色紙、今年は思ったより売れて何より。

○月○日

夕刻、真悟《しんご》幸宏《ゆきひろ》君、友人の水田君と共に来訪。真悟君とは十数年前、彼がわが家の家庭集会に出席したのが交わりの始め。彼はイスラエルのキブツに行ったり、英語教師をしたり、いつも前進向上の一途を辿《たど》る青年。その彼が沖仲仕《おきなかし》をしていた時に、私からの便りが行った。

「真悟さん、勉強していますか」

その一言に、彼はひどく感動したとか。肉体労働に従事している彼に、「勉強しているか」などという人は誰もいなかったのだという。彼は勉強する人だと思っていた私には、当然な言葉だったが、それが彼を奮起させた。思わぬ言葉が、時に人を力づけることあり。

## 命日

○月○日

三木茂生先生、久しぶりに三人の学生さんと共にご来訪。お見舞いに美しい花束をいただく。もったいなし。三木先生に新刊『母』、結婚三十年記念のテープ、学生さん三人に文庫本をお土産に差し上げる。三木先生の道北伝道に注がれた心血のほどを思えば、ゆっくりお話も聞けないのが、何か罪を犯している思い。一時四十分から五十五分まで、僅《わず》か十五分でお帰りになられる。ご健闘を祈るのみ。

○月○日

昨日の落雷で、旭川市内二千戸停電になった由、朝刊にて知る。先日は五万戸の断水、今度は落雷による停電。「地震・雷・火事・親爺《おやじ》」というが、雷の実体を知らぬ昔の人たちは、どんなに恐ろしい思いをしたことか。実体は知っても知らなくても、被害は同じ。いや、現代は原発だの核兵器だのがあって、落雷のための災害が、一次災害に終わらず、二次災害、三次災害へと広がりはしないか。落雷より恐ろしきものが、あまりにも地上に増えた。

○月○日

目というものは、なかなか味なものだ。気持ちを伝えるために私たちは言葉を使う。だが「目は口ほどにものを言い」と言い、百万言を費やすより、「怒りに燃えた目」「蔑《さげす》んだ目」「疑わしそうな目」「にっこり笑った目」のほうが、良かれ悪しかれ雄弁に迫る場合があるものだ。その自分の目の色を、自分で見ることができたら、人間少しは何かが変わるかも知れない。

○月○日

東京より土橋明次《どばしあけじ》先生ご来訪。明晰《めいせき》な頭脳、生き生きとした表情、大きな声、とても八十歳とは見えない。先生は未だに現役で、週に二、三度の出社の度に、四度電車を乗り替えて行くという。わざと乗り替えの多い道順を選ばれているとか。まだ眼鏡を用いずに、電車の中で文庫本を読まれる由。大した方だとつくづく思う。この若さは、決して一日にて成るものではない。すべての面においての、長い月日の積み重ねが、この若さを保たせ

ているのだろう。聖書に、

「百歳でもまだ若い」

と言われる日がくると書かれている。いつか川谷威郎《かわたにたけお》牧師が、

「長生きするだけでも大変なことです。尊敬に値することです」

と言われたことを思い出す。それにしても、あの綴《つづ》り方事件に、土橋先生のような立派な先生方が、何の罪もないのに捕らえられ、教壇を追われたことは、返す返すも痛ましい事件であった。五十年を経たからと言って、忘れ去られるべきことにあらず。

○月○日

鎌倉より門馬義久先生ご来宅。先生は、朝日新聞の学芸部にいらした頃、初めて私を訪ねてくださった。あれから二十八年、ということは『氷点』が世に出てから、二十八年ということ。いつ会っても肉親のような親しさ懐かしさを覚える方。夜、わが家の手料理を共にす。

○月○日

昨夜、数町離れた竜谷高校の旧体育館が焼けた由。さぞたくさんの消防車が集まったに

ちがいないのだが、サイレンの音も知らず眠っていた。聞けば不審火とのこと。つい何年か前、近くの家具工場が二件、不審火で焼けたことあり。昔は放火は死罪に当たるとされていた。それはともかく、火事は恐ろしい。一切が焼けてしまう。祈らざるべからず。

○月○日

講談社の高柳信子氏来訪。もし「銃口」の連載が終わったら、新たに小説を書いて欲しいとのこと。

「今の体重が五キロ増えて、四十五キロになったら書きます」

と、冗談半分に答える。二十八年、休みなく書きづめに書いてきた。長い連載が終わっても、他に併行して連載があったり、書きおろしを頼まれたり、という状態であった。長く書く場所を与えられたことに感謝は尽きず。とは言え、今は難病パーキンソン病者。薬の副作用でしばしば幻覚に襲われる体。果たして高柳氏の期待に応え得るや否や。

○月○日

聖日。礼拝説教は広田伝道師。ルカ伝十六章を聞く。三浦、わが意を得たりとして、大いに喜ぶ。

○月○日

東京の青山四郎先生よりお手紙。私の小説『雪のアルバム』のドイツ語版に添えて。牧師への信仰告白の形で書いたこの小説、ドイツの人にはどう受けとめられることか。これまた伝道の一端になることを祈る。

午後、新潮社の私市憲敬《きさいちのりたか》氏来宅。先年日本キリスト教団出版局より刊行の『生かされてある日々』を文庫に取り入れたき旨、打ち合わせに。これまた主に用いられますように。

きょう、思いがけぬ人より、郷土誌『おたる』送られてくる。小林多喜二に救い出された女性の弟さんなり。小説『母』では「タミ」と仮名を使っているが、実在の人。その弟さんの『母』についての一文を読む。筆の立つ人。礼状を出さざるべからず。

○月○日

かなり長い間断続していた三浦の下血、このところしばらくおさまっている様子。ドクダミとスギナの煎《せん》じたものを、お茶代わりに飲みつづけている故か。「薬」という字は草を楽しむと書くという。何かおもしろい。神は実によいものをたくさん用意してくださっている。人間は驕《おご》ることはできない。とにかく下血がとまったことはありがたし。

本日二十度、十月の旭川にしては珍しい暖かさ。

○月○日

小林多喜二の給料の記録を某氏に見せていただく。退職時は百円の高額。師範学校出の教員の初任給が四十五円程度の頃のこと。この高給を犠牲にしてでも、自分の信念に従って、貧しい人々のために戦った多喜二の純粋さを改めて思う。私には真似《まね》も出来ぬことなり。三浦、次の聖句を言う。

「……称讃に値するものに目を注めよ」

この聖句、日頃三浦しばしば口にのせる言葉なり。

○月○日

霧深き朝。これも神の御業。

午後、二年ぶりに青山四郎先生ご夫妻来宅。翻訳エイジェントとして打ち合わせのため。何カ国との渉外に当たられるのは、さぞ気骨の折れる仕事であろう。労多くして報いられるところ少なし。にもかかわらず、先生は実に明るく快く正確に事を処理してくださる。感謝感謝。大感謝。

○月○日

牧師盛永進先生ロンドンより。『海嶺』取材の折、ロンドンの邦人教会にて説教を聞きしことあり。キリストに対するサタンの誘惑についての、まことに深き説教であった。十四年過ぎた今も忘れられず。正午よりわが家の軽い食事を共にして二時まで歓談。

「来年の夏頃、ベルギーに講演にお出でくださいませんか」

との言葉に驚く。ヨーロッパに散在する日本人キリスト者が二、三百人集まるとのこと。パーキンソン病に侵された私のこの不自由な様がお目にとまらぬのかと、

「幽霊になって参りましょう」

と答えたが、先生少しもたじろがず、

「大丈夫です。お祈りしていますから。来年が駄目なら、再来年スイスにいかがですか」

とのこと。この一年近く札幌にさえ行けずにいる。が、「祈ります」という真剣なお顔を見ると、あるいは神がその道を備えてくださるかも知れぬという希望が、かすかながらも湧いてくるから不思議。

「主よ、御心のなりますように」

○月○日

昨日は初代の秘書宮嶋裕子さんが勝田市（現ひたちなか市）から、今日は親しい読者井手桂子さんが東京からと、懐かしいひと時を与えられた。懐かしいということも、不思議な恵み。懐かしさの源は天国にあるのではないか。天のふるさとにあるのではないか。

○月○日

秋晴れの一日。午後数キロ離れた南果樹園を初めて訪れる。バラの花園のように美しいリンゴ園にブドウ園が、山の斜面につづく。南家の人は全員、わが家の近くのめぐみ教会員なり。わけても長男南昌次君は好青年。親切に園を案内してくださる。主の恵み、主の備えを祈るや切。

○月○日

シアトルより田妻公子さんが、六条教会員沼田進さん夫妻と共にご来訪。昨年夏シアトルより沢野芳久牧師夫妻がお出でくださった時は、突然のこととてお目にかかれず、申し訳ないことであった。思い出す度に心が痛む。この度は沼田さんより幾度か電話があって、時間を繰り合わせお会いする。初対面ながら、同じく主を仰ぐ交わり。

○月○日

晴れ。星光教会の礼拝に。野田市朗先生、川崎より来てご奉仕。聖書の言葉が現実に生きて迫るごとき説教。深く感動する。礼拝後の昼食を囲んでの座談の言葉にも心打たる。先生の腹話術もいよいよ聖名の栄光となりますように。

○月○日

近頃、夜半になると足が痛くて眠られず。これはパーキンソン病の故か。

先日、松山の明屋《はるや》書店の安藤明会長に、パーキンソン病に罹《かか》ったことをお知らせしたところ、すぐにお便りあり、

「パーキンソン病とはいかなる病気かと医学事典をひらき、『パ』の字のつく病気を全部調べてみました」と。

その真実に胸が熱くなる。

○月○日

夕刻、仕事を終え、東川町公民館に落語を聞きに。出演者の中に、「笑点」のレギュラ

ー・メンバーの桂歌丸さんと三遊亭小遊三さんが来られるという。この二人の落語が聞けるとはと心躍らせて駆けつける。さすがはご両人、見事な話術。言葉の伝達ということを改めて考えさせられる。小説も言葉の伝達なり。聞きながら、これだけの芸は、なまなかな修業や感性では、到底得られぬものと、深く感銘す。

〇月〇日

先日天に召された鈴木博さんを夢に見る。私の傍らにすっと近寄って来て、両手を取り、ニコニコ笑っておられた。その笑顔があまりにも平安で、目が覚めても瞼《まぶた》に焼きついている感じ。うれしくてならず、早速夫人の英子さんに電話。

〇月〇日

収穫感謝礼拝。

「持っているもので、もらっていないものはない」

との聖句を思いつつ、聖壇の前の机に積まれた果物や野菜を眺める。「収穫」の二字にも、限りなく深い意味あり、真理あり、恵みあり。当たり前のことにあらず。

○月○日

「水」についてのエッセイ二枚。私の生まれた旭川市四条十六丁目の溝《どぶ》のことを書く。溝といっても、六十年前の旭川の街の中の溝は、こよなく水が澄んでいた。カラス貝が水底に敷きつめられたように並んでいた。今の世と較べて、汚れたのは只《ただ》水だけであろうか。

○月○日

函館北部高校より送られてきたビデオを見る。函館地区の高校生の演劇で第一位とか。私の原作小説『母』を演じたもの。高校生とは思えぬ熱演。自分が原作者であることを忘れて感動する。私の小説であろうとなかろうと、この小林セキ、多喜二の母子の人生は、語り継がれて然るべきもの。セキさんを導いた近藤牧師の愛をまた思う。

○月○日

小樽商大名誉教授松本忠司氏、小説『母』についてインタビューに。過日北海道新聞紙上に、その批評を書いてくださった方。先ずはお礼を申し上げる。泣いて読んだとの評と同じ言葉を、きょうまたいただく。

○月○日

午前十時四十分、ロンドンの盛永牧師夫人、東京滞在中の序《つい》でと言い、わざわざ旭川までイギリス製の睡眠促進健康食をご持参。その行動力とご親切に深く心打たれる。時間がないからとのこと、僅《わず》か十五分玄関にて帰られる。洋子秘書駅まで見送りに。短いが、主にある深い交わりを覚ゆ。

○月○日

きょうより十一月。夕方より雨が雪に変わる。例年に比し遅い初雪なり。たちまち積もる。今年も初雪に会えたことを喜ぶ。

今月は、十日が私の弟昭夫、二十三日が三浦の母、二十八日が三浦の父の命日なり。思うこと多き月なり。

○月○日

東陽中学女子生徒四名インタビューに。中西清治教頭と担任の久保先生に連れられて。中西さんは同じ旭川六条教会の忠実なメンバーなり。中西さんは、『信徒の友』の連載小説「塩狩峠」に挿絵を描いてくださった方。

生徒たちは市内の様々な職場を訪問見学しているとのこと。四人は将来小説家志望とのことで私宅へ。いろいろ尋ねられたが、私が小説を書くのは、キリストを宣《の》べ伝えたいためと明言す。何はともあれ、そのことを覚えて成長して欲しいと祈る。

○月○日

クリントン、アメリカ新大統領誕生。この人が何を最も大事にするかによって、世界の歴史は変わる。むろん一人の人の生き方が他に影響するのは、何も大統領に限らない。たいていの政治家は金が好きだ。聖書には、金銭を愛するのは諸悪の根源と書いてある。願わくは新大統領がその例外の一人であらんことを。

○月○日

プラス十四度の暖かさ。九月の感じなり。ナナカマドの真紅の実、日に光りて美し。これまた神の御業。

○月○日

雨。正午、フェニホフ先生東京よりご来宅。シーラ夫人は多忙にて札幌に足どめ。先生ご夫妻、近く一年間の休みでイギリスに帰られる由。四年ぶりにお子さま方と会えるのは、どんなにうれしいことか。思うだけで胸が痛む。先生は膝《ひざ》を痛めて、畳の上に正座するのは不可能。今後は宣教師の職を離れて、母国にて家族と共なる仕事をされてはいかがかと申し上げたが、なんと一年後には外モンゴルに派遣される予定とか。驚く私たちに、先生はにこやかに、

「神さまのお考えです」

と言う。足の痛む年齢になられて、モンゴルの言葉を学び、馴《な》れぬ異国に遣わされるのは、いかに大変なことだろう。

「主よ、先生を強め給え」

## 秘書の奇禍

○月○日

三浦の受洗記念日。受洗して満四十三年なり。四十三年前のきょうは、雪の道を自転車に乗って教会に行き、受洗したとか。本日雪は全くなく、快晴にて晩秋の如きよき日和《ひより》。父母の切なる祈りが三浦の信仰の土台となっていること、近頃しきりに思う。三浦もよく祈る。

○月○日

夕焼け空、血の如し。しばらく二階の窓辺に佇《た》ちて三浦と眺む。

○月○日

三浦の所望にて、夕食は薯飯《いもめし》。馬鈴薯をサイの目に切って米に交ぜ、塩を少し加えて炊き上げる。何とも気品のあるうまさ。戦時中は、ほとんど毎日のように薯飯であった。夕食後母は、暖かいストーブの傍らで、馬鈴薯をサイの目に切っていた。何しろ一度に三升近く炊くのだから、この薯を刻む音は、今も耳についている。母は何を思って刻んでいたことか。戦地にある長男次男、戦死した甥《おい》、思うことは多くあった筈《はず》。

○月○日

夜、島崎京子さん会長の婦人団体、旭川サン・フレンドの会に、三浦招かる。そのプログラムは夕食、三浦の講演、そして三浦の歌唱となっている。私は声が出ず、三浦のお伴として出席。

楽しい夕食のあと、三浦、「日々の生活の中で」と題して五十分のスピーチ。そのユーモアに時々笑い声起きる。今年三浦は、教会や学校などに招かれて語ること、これで三度目。今宵は三浦、その持論、「愛は対象を必要とする」を軸に、神の愛、人間の希望について語る。今までに、私よりうまいとの評判を聞いてきたが、きょうも確かに巧みなり。それはともかく、人間が神の愛の対象とは、深き人間観なり。

スピーチにつづいて、三浦乞《こ》われて三曲うたう。近年三浦は、講演同様、時々歌唱を頼まれることあり。法事での讃美歌、女子高校での童謡等々。今夜も三浦の唄に涙ぐむ人あり。会長の島崎京子さんも、ハンカチで幾度も涙をおさえていた。すべての才は神に捧《ささ》げよ。語って讃美、うたって讃美、踊って讃美、腹話術で讃美、伝道の方法はいくらでもある。

○月○日

五時半、雪の美術館へ。佐久間篤實《あつみ》君、太田光世さんの結婚披露宴に。新婦の光世さんの名は、その両親の太田邦雄さん夫妻が、「男が生まれても、女が生まれても、三浦さんの名前をもらいます」と言ってつけられた名前。私が雑貨屋をしていた頃なり。邦雄さんは昌子《よしこ》さんと結婚する時、「何も持たなくても、御言葉をたくさん胸に蓄えてお出で」と言われた熱心なキリスト者。

そのお嬢さんの婚礼。お二人の将来を大いに祝って、三浦と共に祝辞を述べる。新郎篤實君、その名のごとく温厚篤実な好青年なり。主の限りなき御導きを祈って止まず。

○月○日

夜、入浴直前心臓発作。脈搏《みやくはく》速く入浴中止。いつものことながら三浦に迷惑をかけるなり。三浦、私を布団に寝せて頭を撫《な》で、安心して眠るようにと、優しき言葉なり。然り、安心して眠ること。安心して眠ることは、すなわちキリストを信頼することなれば。

○月○日

午後、北海道新聞の記者西山佳代子さんのインタビューに二時間。「私のなかの歴史」の記事の取材なり。夕刻血圧一八五。

○月○日

後藤憲太郎氏と松田静子《しずこ》さんの結婚披露宴、夜六時半より花月会館にて。共に先年その配偶者を失われたお二人、生活経験深くかつ信仰の厚いお二人、さぞ主を証しするよき家庭を築かれることと思う。喜んで出席、三浦と共に祝辞を述べる。参会者一同、喜びにあふれた、さわやかな雰囲気。余興の福引きに大きな聖書が当たった男性あり。クリスチャン・ホームの中で、その人だけがまだ未信者とか。奇すしき恵みを思うなり。

○月○日

聖日。礼拝の帰途、マルイデパートに寄る。井上靖文学展を見に。先生の書かれた原稿、愛用の品々等、思い深く見て帰る。

きょう、音別《おんべつ》の菅裕子《かんひろこ》さん、受洗の日。熱心なその信仰。生涯祝福あらんことを。

○月○日

きょうで十一月も終わる。

午後、『北海道新聞』のエッセイ三枚、『祈りの細胞』（定家都志男《さだいえとしお》牧師主宰）に一・五枚、『新婦人新聞』へ二枚送稿。短いエッセイほど私には苦手だが、きょうは次々に書き得て感謝。書く物を与えられている責任を思えば、自分自身もっと真剣に生きること、仕事の多さに悲鳴を上げざること、心すべし。

○月○日

午後五時半過ぎ、わが家から退出した洋子秘書、八時を過ぎて電話をくれる。

「大変申し訳ないことをしました」

とのこと。何か忘れたのかと思ったら、途中で乗ったタクシーが追突、このため左上腕を骨折した由。いま、進藤病院にいる由。思わぬことに驚く。本人がいつもの微笑をふくんだ声でかけてきたので、それほどの大事には至らなかったものと、一応安心したものの落ち着かず。直ちに顔を見に行こうかと思ったが、折角私たちを安心させるべく、痛みに堪えて自分で電話をかけてきたのだと思い、明日行くことにする。それにしても骨折となれば、いかばかりの痛みであろう。にもかかわらず、自ら電話をかけてきた健気《けなげ》さに心打たる。最も忙しい師走《しわす》、我らにも傷手《いたで》なれど、〈主の山に備えあり〉、主道をひらき給うべし。

○月○日

洋子秘書当分入院のため、急を聞いて村田和子さん、菅野《かんの》叡子《えいこ》さん協力を申し出てくれる。大いに感謝。原稿の締め切り、多数の郵便物、二千枚の年賀状、子供クリスマスと、秘書の助けなしではどうにもならず。この度の助っ人は特にありがたし。

○月○日

水谷喜美子氏より、私の小説『泥流地帯』の論評のコピー送られてくる。その筆力に瞠目《どうもく》。さすがに故水谷昭夫教授の夫人であり、愛弟子《まなでし》である。ご活躍を切に祈る。

○月○日

洋子秘書の手術日。九時半から十一時半までの予定とか。幾度も祈る。

午後五時半、村田和子さんより電話。洋子秘書の麻酔覚めず、呼吸困難を併発、すぐに来て欲しいとのこと。三浦と共に急いで病院へ。個室には幾人もの医師、ナースが詰めていて只《ただ》ならぬ様子。何故の呼吸困難であったか不安なり。洋子秘書昏睡《こんすい》の態、名を呼べど答えず。

少し落ちついた頃、医師たち去る。命に別状なしとも。安心。三浦、声を出して枕辺《まくらべ》に祈る。その祈りの中の聖句、

〈汝ら静まりて我の神たるを知れ〉

に力づけられる。

○月○日

今朝六時、ようやく洋子秘書、眠りより覚めしとの知らせ。胸をなでおろす。

○月○日

師走の雨、四日降りつづく。旭川には珍しきことなり。きょう四日目の夕刻より、雪に変わる。やはり十二月は、雨より雪がよし。清き主のご降誕の月なれば。三浦言う。

「わたしには雪より雨のほうがいい」

年中雨の好きな三浦と、晴天の好きな私が、三十四年よくも同じことを言いつづけてきたものだ。夫婦という者は、生き方の土台さえ同じであれば、少々の違いは苦にする必要がないのかも知れない。

○月○日

夜、三浦美喜子さん宅の家庭集会クリスマスに。タクシーにて二十五分程の距離。今年は無理と思ったが、女子高校生七、八人にクリスマスの意義について三浦と共に語る。キリストのことがどれだけわかったかはともかく、人間何がきっかけで神を知るに至るか、計り知れず。そのきっかけになればと心から願う。いつもながら美喜子さん一家の信仰の熱さにふれた感じ。感謝しつつ帰宅。

○月○日

午後一時半、文化会館に。今年も旭川女子高等商業学校生徒のために、クリスマスのメッセージを伝える。高校生たちが楽しみにしている三浦の歌、今年も盛んなる拍手を受ける。三浦、人生の淋《さび》しさと、真の希望であるクリスマスについて一言述べ、「叱《しか》られて」を歌いしなり。

○月○日

朝の身仕度に、きょうは二十分から二十五分かかる。それでも、少しは時間が短縮してきたように思う。パーキンソン病には、気長につき合うより仕方なし。朝と夜で、着替えひとつに一時間もかかる。が、忍耐力を培われることをも思う。感謝すべし。

○月○日

零下十四度。いよいよ本格的冬なり。

○月○日

クリスマス礼拝。十一時半中退。急いで従兄《いとこ》の貝森克己の一年忌に駆けつける。法事は十一時から始まっていて、既に式は終わり、食事の最中。礼拝は早退、法事には遅参、心咎《とが》めてならず。

久しぶりに会う親戚《しんせき》の人々、お互いさまながら、それぞれ老いの兆しが深い。こちらが死ぬまでに、あと幾度会えることか。幼い頃に馴染《なじ》んだ人々には、言い難き懐かしさのあるものなり。

子供クリスマスのための飾り付け。毎年の総指揮者洋子秘書はいなくとも、村田和子、菅野《かんの》叡子、小西和子、福田ヱイ子《えいこ》姉たち四人の協力でそれなりに出来上がる。洋子秘書、折々電話で、何は何処にと、アドバイスをしてくれていて、それも大きな力。むろん、陰の祈りをどんなに捧《ささ》げていることか。

○月○日

クリスマス・イブ。午後一時半より、『北海道新聞』の西山佳代子記者、インタビューに。

夜九時、近所のめぐみ教会の込堂《こみどう》牧師が、聖歌隊と共にクリスマス・カロルに来てくださる。十数人、玄関の中に入って歌ってくださる。プロの女性歌手の独唱、まことに主のご降誕にふさわしき声。感謝感謝。

○月○日

第三十三回のわが家の子供クリスマス。毎年のことながら、この日には深い感慨あり。

第一回には十歳だった子供は、いまや四十歳をとうに超えている。それを思うだけでも、体の弱い私たち夫婦が、よく支えられてきたものと思う。ここ十余年、集まる数も百人を割らず。とても二人だけではできぬ事。協力者のお陰、そしてすべては主の恵み。

○月○日

この頃寒さの故か、あるいは事が多くて緊張が増えているためか、パーキンソン病の症状の一つ、すくみが頻繁になってきた。すくみは、文字どおり、立ちすくむの「すくみ」で、ちょっとのきっかけで、不意に足が大地に吸いついてしまう。人は、うしろに足を引くとよいとか、助言してくれるが、足の裏一面べったりと糊付《のりづ》けしたようになって、踵《かかと》も足の指も全く動かない。夜中、トイレに入ってすくみがくると、ことである。便器が目の前にありながら、腰かけることができない。出てくることもできない。只亡霊のように突っ立っているだけだ。その自分を助けてやりたくても助けてやりようがない。苦笑するより仕方がない。が、これが交叉点横断中に起きたら大変だ。突っ立ったまま動けないのだから、危険この上もない。

というわけで、昼でも夜でも、三浦は私を決して一人にはしておかない。トイレにちょっと長く入っていると、すぐに様子を見に来てくれる。さてこの難病は私にとって、何の意義があるのだろう。〈神は愛なり〉の言葉を信ずる私には、神はよいものを下さらない筈《はず》はないと、いまのところは感謝しているのだが……。幸い、癌《がん》の症状は、粉ミルク療法を始めた時から、ずっと落ちついている。感謝すべきことを数えていよう。三浦の言うとおり。

○月○日

洋子秘書退院。しかしこの冬、油断は禁物。くれぐれも大事にすること。ともあれ、これまた大いなる感謝。

○月○日

今年最後の日。

三浦、朝から礼状二十通を一気に。パーキンソン病で手がふるえ、葉書一枚も書けぬ私から見ると、正に驚異。しかも私のマッサージに一時間以上の時間を割き、宅配便が来れば玄関に出て応対という中での二十枚だ。

夜、入浴。三浦四十九キロ、私四十キロ。三十キロ台に落ちずに、年を送る。すべて主の恵み、只々感謝。

# 第二章　はらから相睦みて美しき

## ミステイク

〇月〇日

新年なり。今年の三百六十五日は、いかなる日々になることか。「主の山に備えあり」、安んじて主に依り頼むこと。主よ導き給え。

元旦《がんたん》を迎えても、三浦の忙しさは昨日に変わらず。『信徒の友』の選歌の仕事に全力投球。相変わらず四、五百首の中から三十六首を選ぶ仕事。選んだものをまた検討。決定した作品を原稿用紙に浄書する。それだけでも大変な時間と精神力を要する。その上に評を書く。この選評がまた気骨の折れる仕事。批評は選者の目を問われる仕事故。が、この仕事も三浦にふさわしきものの一つ。

夜、恒例の三浦の本家宅に挨拶《あいさつ》に。兄健悦夫婦、三浦の姪《めい》夫婦二組、そしてその姪の子供たちと、賑《にぎ》やかにテーブルを囲む。嫂《あによめ》美子義姉と姪二人の心のこもった正月料理を頂く。何《いず》れも美味。

〈はらから相睦《あいむつ》みて共にあるは美しきかな〉

の詩篇の一節を幾度も実感。この団らん、また大いなる恵みなり。

○月○日

年賀千五百通近し。まだ幾日かつづく筈《はず》。とにかくも多くの人が祈り、心を寄せてくださっていることの証拠、力湧《わ》く。但し直接返事を書けぬこと申し訳なし。

○月○日

菅野《かんの》叡子《えいこ》さんの応援で、雑事を大いに助けてもらう。正月早々の応援は申し訳なし。一日年始客幾組も。

○月○日

今日は村田和子さん応援に。人は、自分だけでは生き得ぬもの、人の助けを身に沁《し》みて思う。本日より、『北海道新聞』夕刊にインタビュー記事「私のなかの歴史」が始まる。十七回の連載予定。いくらかでも主が証しされんこと。

○月○日

夕刻将棋のプロ棋士小野敦生氏外三浦の棋友数人ご来宅。数時間対局。食事も共にして、ようやく三浦に正月来る。小野五段いつ見てもよき人柄、好青年なり。

○月○日

「銃口」第三十三回の口述開始。私自ら満州の野にさまよい、疲れて行き倒れになる感じ。三浦盛んに「早く満州から引き揚げよ」と言う。私の口述を筆記する三浦も、遅々として運ばぬペンに、いささか疲労困憊《ひろうこんぱい》の態。

「泣きたくなるねえ」

とも。長篇が終盤にかかると、三浦必ず、

「これから全巻を初めから書くつもりで、気魄《きはく》を持って当たれ」

と言うのだが、今回は三浦からその言葉も聞けず。私は只《ただ》、

〈神は恥を来らせず〉

の言葉に縋《すが》るのみ。

○月○日

最低気温マイナス四度。暖冬なり。

正午、北海道新聞社主催の新年交礼会出席のため、パレスホテルに。出席の可否に迷っていたが、三浦と共に出席出来て感謝。知人の顔を見、挨拶《あいさつ》を交わすことは、単純なようで単純にあらず。

会の帰途、教会員の相馬宏氏を森山病院に見舞う。交通事故で崖《がけ》から十数メートル落ち、足の骨を折り、腰や頭を打ったというのに、独力で這《は》い上がり、助かったとか。その精神力に驚く。這い上がる時の気持ちのほどを聞いていっそう感服。

つづいて近くの沼崎病院に入院中の芳賀《しが》キミさんを見舞う。芳賀牧師のご母堂なり。もともと明るい元気なお方であられたのに、すっかり痩《や》せられて、何と申し上げてよいかわからず。枕辺《まくらべ》にお祈りして辞す。

○月○日

晴れ。洋子秘書、十二月二日以来の入院、休養を終えて、今日より出勤。雪が融けるまで休むようにと勧めていたが、冬のさ中から出勤してくれる。正直な話、秘書室に座っていて、郵便物の処理、電話や訪問客の応対に当たってくれるだけで、大いに助かる。しかし無理せぬこと。無理させぬこと。先ずは神に感謝。

○月○日

マイナス八度。マイナス十二度の予報だったが、予報より暖かく何より。

午後、今月分の小説「銃口」に拍車をかける。主人公遂に満州を脱出、旭川に帰る。主人公が満州を離れただけで、作者の私も大安心。筆記者の三浦も、久しぶりにのびのびとした顔になる。午後四時、ファックスにて送稿。

二人でひと息ついているところへ、担当者の眞杉氏より電話。原稿を読み終えられての電話。気軽に受話器を取ったが、何と書き直して欲しいとのことなり。今まで二十八年、原稿を書いてきて書き直しを命じられたことなし。人によっては、一つの原稿を三回も四回も書き直しさせられたと聞いたことがあるが、それは充分に力のある作家にのみ要求されるものと思ってきた。

だが私の原稿は、事実関係で無理とのこと。眞杉氏曰《いわ》く。

「敗戦の日のその時間、主人公の乗った汽車は動いていなかったのです」

更に氏は、満州脱出のドラマ性は、まだまだ書くことが多々ある筈とも言われる。心優しき氏は、毎回送稿の度に、素晴らしい原稿と力づけてくださっていた。それだけに、今回は何と言うべきか、挨拶に困られたにちがいない。そう思って、早速書き直しの準備に取りかかる。眞杉氏も夜の十二時近くまで社に残って、資料のファックス送付や、電話による説明に力を尽くしてくださる。

○月○日

原稿の書き直しに全力を傾ける。歴史家の目加田祐一氏、敗戦当時の満州の状況、取材に必要な然るべき人物紹介等のため、再々電話を下さる。

○月○日

マイナス十八度。今冬最低の気温なり。

○月○日

書き直しの原稿、五日目にしてようやく出来上がり、送稿。無事OKが出る。肩の荷の下りた気持ち。但しこれからの四回分が胸突き八丁。思いやられる。祈らざるべからず。

○月○日

釧路の小学生二人、テレビゲーム中に意識を失ったとの記事を新聞に見る。以前三浦は、テレビから何か悪いものが出ていないかと、しきりに心配していたことがあった。その後、日本の輸出品のテレビに、放射線の許容量を超えたものがあったと問題になった。人間は、あらゆる場面を読み切って物を造ることは、できないのであろう。では、危険をどう察知したらよいのか。頭の痛い問題なり。いつものことながら、原子力発電に思いは至る。

○月○日

某新聞送られてくる。一般国民から妃を選ぶことへの危機感が、ある人たちに抱かれているらしいことを知る。皇室が国民の中に埋没しては、由々しき問題であるという見方のようである。人間は人間として尊重されねばならないと思うのだが……。

# 優しさということ

○月○日

私の書いた小説とエッセイが、七十冊近くなった。よくもまあ、こんなに書くことが胸の中にあったものと思う。書いたことだけが胸にあったのではなく、思ったことはまだまだある。そしてその思ったことの途中で、私は幾度立ちどまったことだろう。神の言葉に耳を傾けるために。そんなことを今日はふと思う。

○月○日

昨年八月、中国東北部（旧満州）に招かれて、中国の大学生に日本文学を教えに行かれた高野斗志美教授、休暇を得て一時帰国される。どんなにお疲れのことかと案じていたが、思ったよりお元気でひと安心。中国学生たちが入れ替わり立ち替わり、先生の身の回りなど助けてくださる由。国境を越えて美しきものに、師弟愛もありと感動す。

先生が旭川を発たれる時、私は向こうでも聖書を読んで欲しいと頼んだのだったが、不思議にもその道が備えられていたことを、先生に聞かされて驚く。中国に招かれた教師たちの一人にキリスト者がおられて、共に聖書を読む時間を持っていると言うのである。願いにまさる備えなり。このことで、いよいよ高野先生の文学評論に深みと幅が増すことと思う。

〇月〇日

マイナス四度。三浦、朝、雪掻《ゆきか》き。六十八歳、「年寄りの冷や水」にならねばよいが。

〇月〇日

私が二月のことを「きさらぎ」と呼ぶことを知ったのは、十歳の頃だった。その頃流行した「爆弾三勇士」の歌詞に、

……きさらぎの　二十二日の午前五時

という一句があった。大人も子供もよくうたった。受け持ちの教師が、「この『きさらぎ』は二月のことで『如月』と書き、『衣更着』とも書く」と教えてくれた。着ている物の上に、更に一枚増やさねばならないという意味とか。この説明が、言葉のおもしろさというか、奥行きというか、そんなことを感じさせた初めであった。きょう

より「きさらぎ」。

○月○日

主婦の友社刊行の、私の全集も、第十九回配本となった。あと一回の配本で全巻完結の予定。毎回諸先生の心こもる解説を頂いてきたが、今回は村田和子氏による年譜に瞠目《どうもく》。年譜と言えば、年月日や事の羅列《られつ》が頭に浮かぶが、彼女の年譜は興味を惹《ひ》く物語ふうになっていて、その創意工夫に敬意と感謝。

○月○日

小学館『本の窓』に連載の小説「銃口」第三十四回の準備に着手。今号を入れてあと四回書けば、三年半に及ぶ「銃口」も終わる。「昭和を背景に神と人間を書くように」との編集者の注文に全篇を通して応え得るかどうか、全く自信なし。

今冬は幸いまだ風邪もひかず感謝なり。

○月○日

最低気温マイナス一度。旭川の真冬と思えず。暖冬が冷夏を招かねばよいが。

○月○日

夜、黒澤明監督作品「夢」をテレビで見る。映画で一度見た作なり。その中に、鬼が毎日夕暮れとなると角《つの》が痛んで、苦しむ場面あり。吠《ほ》えるような声で痛みを訴える。パーキンソン病の私は、何か自分の未来を見せられるような気がして、いささか落ちつかず。

○月○日

脚本家田島栄氏、前進座制作担当津金実《つがねみのる》氏来宅。私の小説『母』の舞台化についての打ち合わせのため。お二人共、実に謙遜《けんそん》なる方々なり。田島氏はこの脚本を書くにあたって、私の著作のうち、『新約聖書入門』等、キリスト教に関する幾冊を読むとのこと。ともあれ多喜二の母、セキさんの生涯を通して、キリストの御名が崇められんことを。

○月○日

午後、京都丸太町教会の佐藤博牧師夫人紗久子《さくこ》さまお訪ねくださる。一時四十分より三時五分まで。短い時間ながら、信仰を励まされて感謝。特に伊予小松教会牧会当時の忍耐に深く感動。佐藤博先生には、『ちいろば先生物語』の取材でおせわになったが、紗久子夫人にお会いしたのは初めて。

○月○日

昨夜鏡まゆみさんの訃《ふ》を聞く。苦しい病気であった。まだ四十二歳という年齢が痛ましい。ご尊父鏡栄氏は、小説「銃口」の取材で、いろいろご協力いただいている方。

きょう、新聞にまゆみさんの死亡公告を見て、悲しみを深くする。

〈マリヤ・セシリヤ長女鏡まゆみ儀、旭川医大スタッフを始め多くの皆さまの深い愛情と励ましに支えられ、入院加療中でございましたが、二月十八日午後九時三十七分、四十二歳をもって神のみもとへ召されました。ここに生前のご厚情を感謝し謹んでお知らせ申し上げます……〉

カトリック信者のまゆみさんの性格と、周囲の人々のあたたかさの偲《しの》ばれる一文なり。

○月○日

芳賀《しが》先生のご母堂の葬儀。久しぶりに教会堂に赴く。早くにご主人に先立たれ、女手一つで二人のご子息を育て、一人を牧師として捧《ささ》げられたその生涯を思いめぐらしつつ列席。明るく親切な方であられた。私の体を案じて、わざわざ健康器具をご持参くださったことありの。善意に満ちていて、何かお送りしても、常に回りの人に分かち合う方であった。私の書いた脚本、『珍版舌切雀』に共感してくださり、雀のチイ子を演じて好評を博されたとも聞いた。なぜか私の心に沁《し》みる言葉がある。英文タイピストとして働き、一家の生計を支えながら、家事にも大多忙のお母さまが、少年の芳賀先生に言われたという言葉である。

「掌ばかりでなく、手の甲も洗うのよ」

何と母親らしい言葉ではあるまいか。信仰の厚かった一生、まことに尊し。

○月○日

夜、ふとスイッチを入れたテレビに「振り返れば奴がいる」というドラマがあった。あまり見かけたことのない俳優の、実に個性的な演技に、いきなりぐいと惹きつけられる。演出も凄《すご》い。

「人間は人間を演じている。自分自身を演じている」

いつか読んだ言葉を思い出す。久しぶりに期待できる連続ドラマなり。来週も必ず見ることにする。

○月○日

二、三日前に送られて来た『聖公会新聞』の写真を、三浦、私に見せて曰く。

「このアメリカの女性主教、綾子に実に似ているねえ」

言われてみれば確かに似ているところあり。主教様ともあろう方に似ていると言われて、いささか自分を反省する気持ちになる。

○月○日

夜中、トイレに立とうとしたが、足が棒のようにこわばっていて、いかんとも身動き出来ず。尿意ますます強くなり、止むなく隣に寝ている三浦を呼び起こす。寝息を立てているのを起こすのは、何ともためらわれたが、背に腹はかえられず。

三浦、ぱっと起きて直ちに私を助け起こし、トイレに伴ってくれる。その優しさに讃歎《さんたん》す。昼間より何倍も優しい。ありがたし。

○月○日

鶫《つぐみ》に似た小鳥の一群が飛んできて庭のナナカマドの実を啄《ついば》む。たちまちにして実を平らぐ。毎年のことながら、小鳥たちのために、こうして冬も餌《えさ》を備え給う神の御業に瞠目《どうもく》。

主イエスの「空の鳥を見よ」の聖句を改めて思う。

○月○日

昨夜も一度、一人でトイレに立てず三浦を起こす。

○月○日

昨夜につづいて、また夜中三浦の介助を受ける。今後いつまでこんな状態がつづくのか。夜中に起こされる三浦を思って心重し。

「いつでも、何度でも起こしていいよ」

三浦、いよいよ優しき語調なり。

○月○日

何十年来、朝食抜きの三浦が、午前十時頃より、不気味な腹痛を訴う。空腹時の腹痛は胃潰瘍《いかいよう》か、十二指腸潰瘍かと、すぐに最悪の場合を思って不安になる。自分が痛むより心配なり。三浦、「昼食を少しとれば治る」と言う。いつもながら慌てず。その言葉のとおり、午後三浦回復。考えてみると、三浦は健康なのかも。自分をよく弁《わきま》えているのかも。

夕刻、新潮社の宮辺尚《たかし》氏、私市憲敬《きさいちのりたか》氏、文庫本になった『それでも明日は来る』をご持参。おこがましきことながら、少しでも人様の慰めとなり、励ましとなるならばありがたし。初めて会った時の宮辺さんは何歳だったろう、もう四十代半ばに近いとか。月日の経つのは早いもの。いや、早いという言葉では言い切れぬ何かがある。

○月○日

昨夜、寝汗をかいて目が覚める。パーキンソン病には寝汗も特徴の一つとか。寝巻きぐっしょり。またしても熟睡中を起こされた三浦、簞笥《たんす》の中から寝巻きを出し、ていねいに汗を拭《ふ》いてくれ、着替えさせてくれる。そしてさっぱりした私をトイレに連れて行ってくれる。手を抜くことをしない人なり。トイレより戻って、私は心地よく横臥《おうが》。と、三浦、何か聞き耳を立てている。

「階下で電話のベルが鳴っている」

と言う。既に二時。例のいやがらせ電話ならん。幸か不幸か、私はパーキンソン病になって以来、聴力が衰えて、階下の電話のベルも耳に入らぬこと多く幸いなり。しかし、只《ただ》でさえ私に再々起こされて寝不足勝ちな三浦には酷なことなり。

○月○日

金丸氏逮捕のニュース。吐息あるのみ。

○月○日

三浦、今朝排便時鮮血。連日の休みなき仕事に過労を招いたか。

○月○日

「銃口」第三十四回、ファックスにて送稿。眞杉氏感動したとの電話。洋子秘書も涙をこぼして感動してくれるなり。今回は特に目加田祐一氏、金坂吉晃氏、島根県の安達光雄氏、深川の堀内勉氏に取材の協力を頂いた。

# 五十数日ぶりの入浴

○月○日

新共同訳聖書を読んでいた三浦曰く。

「ほう、〈希望は失望に終ることはない〉という聖句は、新共同訳では〈希望はわたしたちを欺くことがありません〉となったんだねえ。このローマ人への手紙の五の五を見てごらん。文語訳では〈希望は恥を来らせず〉、新改訳は〈希望は失望に終わることがありません〉だったよね」

なるほどいろいろな訳があるもの、どれが最も原典に近いのだろう。聖書無謬《むびゅう》説からいくと、どの訳が無謬ということになるのだろう。それにしても、三浦は希望に関わる聖句に深い関心があるようだ。いや、深いというより、縋《すが》りつくような切実さを持っている。この切実さが私には欠けている。

○月○日

夜、五十数日ぶりに入浴。風邪のひきやすい二人は、寒さのきびしい冬期間の入浴はむずかしい。暖かい日を選ぼうとしても、その日が疲れていると、風呂《ふろ》に入ることができない。体の調子がよく、暖かい日であっても、締め切りが重なってくると入浴どころではなくなってしまう。二日に一度、三日に一度入浴を楽しむことのできる人から見ると、大変無精な話だが、五十数日ぶりでも、とにかく入浴できただけで幸せなのだ。私は毎度のことながら、十三年間の療養中、八年間入浴しなかったことを思い、「感謝」「感謝」と胸のうちに呟《つぶや》く。感謝しようと思えば、五十数日ぶりに入浴できたことも感謝できるのだ。

三浦四十八キロ、私四十キロ。二人合わせて八十八キロ、正に二人で一人前。

○月○日

税理士の太島先生ご来宅。年に一度お目にかかるだけ。三浦も私も痩《や》せてはいるが、まだ納税できるだけ、ありがたいと思わねばならぬ。太島先生がわが家に現れると、春の到来を感じさせる。窓から見る雪も煤《すす》けて、ぐっと減っている。

○月○日

昨夜、真夜中、いやがらせ電話。春が来るというのに、いやがらせ電話をかけている孤独な人間は誰か。いや、こちらはいやがらせ電話と取っても、聞いて欲しい悩みがあるのかも知れず。何《いず》れにせよ神の祝福を祈ろう。

○月○日

三浦の甥《おい》紀一郎君の長女真紀ちゃん、見事に高校東校に合格。地方から出て来て、一年そこそこでの合格なり、先ずはお目出とう。しかし、高校進学も叶《かな》わぬ人もいることを忘れぬこと。

○月○日

連載のエッセイ「明日のあなたへ」の最終回、第七十回を送稿。毎回題材に苦しみ、キリスト者の編集者赤松千《ち》鶴《づる》さんに祈って欲しいと幾度も頼んだことを思い出す。とにかく七十回。四百九十枚のエッセイ連載が終わって主に感謝しつつひと息。

○月○日

晴れ。今年に入って初めての戸外散歩。散歩といっても三浦の腕にすがりつつ百メートル程。汚く煤《すす》けた残雪を眺めながらゆっくりと歩く。うららかな日ざしなのに、毛皮のコートを着こみ、マフラーを二本首に巻きつけ、さながら極寒時の外出姿なり。こんな姿の私を、三浦恥ずるふうもなく、ゆっくりと歩を合わせてくれる。ありがたきかな。

○月○日

久しぶりに、沖縄から今村昌幹《まさき》氏来訪。学生時代から聖書を学ぶのに熱心だったが、人間を大事にする実に立派な医者となった。多くの可能性を秘めている若人たちとつき合いながら、私はどれだけその可能性の前に謙遜《けんそん》であったか、顧みて恥ずること多し。辛い過去を持つ沖縄の地に医師であること、それだけで生きる意義は十分に重く深い筈《はず》だ。昼の十二時より二時過ぎまで昼食を共にしながら歓談。君よ、充分大切に生きられよ。

○月○日

くもり。今年初めて美容室に赴く。入浴は五十数日に一度。美容室は四ヵ月に一度。しかし世の中には、美容室に一度も行かずに一生を終わる人だってある。毎日ヘアー・シャンプーなど欠かさぬ人には、わからぬ人生がある。三浦もシャンプー、カットのため同行してくれる。いつ心臓発作を起こすかわからず、車の乗り降りにも不自由な私を案じて、片時も離れずにいてくれるなり。ありがたき人なり。誰が妻の美容室行きになど同行してくれるだろう。言葉なし。〈二人は一体となるべし〉とあれど、中々《なかなか》こうはいかぬもの。

○月○日

村田和子さん、親戚《しんせき》の北風《きたかぜ》氏を連れて来宅。わが家の家屋診断のため。北風とは珍しき名前なれど、その名のごとく清潔にしてさわやかな人なり。氏によってわが家のボロ度(?)がよくわかった。建て二十年になる。柱が傾き、窓に隙《すき》が生じているのはわかっていたが、今更ながらそのひずみを指摘されて驚く。しかし、人間のひずみの程度は、こう簡単にはわからない。私のパーキンソン病にしても、いかなる原因によるのか、どれほどのひずみの程度なのか、どうすれば治るのか等々、明快にはわからぬ。只、難病とのみ言われるだけなり。

○月○日

晴れ。一段と暖かくなってきた。私は春夏秋冬を問わず晴れた日が好きだ。晴れた空を見ていると、心が愉快になってくる。人間には考えることがたくさんあるような気がしてくる。そして、それらの考えを全部忘れ去ってもいいような気がしてくる。と言って、一生こんな晴れた日ばかりであったら、こんなに晴れた日が好きになれるだろうか。

今日は、朝日新聞社旭川支局長小川太一郎氏を送る昼食会を、わが家で持つ。初めて会った時以来、私は小川さんに肉親にも似た親しみを感じてきた。一昨年のわが家の子供クリスマスに取材に来られた小川さんに、

「わたし、もうあまり長くないかも知れないわ」

と言った。これは単なる私の思い過ごしではなく、衆目の見るところであったが、小川さんは私の言葉を聞くと、たちまち目をうるませて、真剣に心配してくださった。小川さんはどこの土地に行っても、多くの人に愛されることだろう。〈泣く人と共に泣き、喜ぶ人と共に喜ぶ〉人だから。温顔を思い浮かべるだけで心あたたまる小川さんよ、どうかいつまでもお幸せで。

○月○日

小西和子さん、二十六日ぶりに出勤す。彼女が一人いないと、重要な柱が欠けたような淋《さび》しさだった。お孫さんの入院に附き添っての欠勤だった。一人の人がつつがなく働くことができるのは、その陰に家族やきょうだいの無事があるということ、それを改めて知らされた思い。

午後、三浦と散歩に出る。近くの遊園地にはほとんど残雪なし。今年は融雪が早い感じ。

五百メートル程歩き得て感謝。

○月○日

『朝日新聞』朝刊の第一面に、「死刑、三年ぶり執行」の大見出し。複雑なり。三年間死刑の執行をしなかった関係者たちの心の中が、様々に想像できる。死刑は断乎《だんこ》として廃止すべしとの意見もあれば、死刑は賛成だが自分がその執行者になるのはごめん、という意見もあろう。言わば十人十色の筈。

何れにせよ、人間の裁判に絶対誤りはないとは言えない。事実、冤罪《えんざい》の事例は決して少なくはないのだ。問題はそこから考えるべきこと。

○月○日

朝、わが家の前のナナカマドの幹に下げてある温度計がプラス四度になった。三浦うれしそうに、

「ハルガキタ　ハルガキタ」

とハミング。二人の体も少し元気になった感じ。

三浦、夜、夕食後八時から十一時まで手紙の山に取り組む。が、私は難病のため食事に

二時間以上もかかる。人から見れば情けない限りだろうが、しかし嘆くまい。自分の手で茶碗《ちゃわん》を持ち、自分の手で箸《はし》を持ち得るのだから。これはもう躍り上がって喜ぶべきこと。

○月○日

三浦六十九歳の誕生日。三浦の誕生日は、時に受難週とかち合う。何となく讃美歌の漂ってくる気配なれど、今日もまだ礼拝に出席できず。

芳賀《しが》先生、本日三十九度の発熱をおして講壇を守られしとのこと。真似《まね》のできぬことなり。

○月○日

四月も上旬が過ぎようとして、朝、一面の雪。思わぬ時に思わぬ雨や、雪や、嵐《あらし》を給う神を思って心恐る。天候も神からの手紙の一つ。亡き母が、よくそう言っていた。

○月○日

朝方四時半まで一睡もできず。三浦曰く。

「横になって目を閉じているだけで、その時間の半分は眠っているようなもの。そう思って安心せよ。眠れなかったと思うことが、不眠の疲れを倍加させるのだ」
いつも言われることながら、納得できるような、できないような……。

# 惜別

○月○日

「旭川憲法を学ぶ会」の内沢千恵先生、太田邦雄氏、今野雄仁《ゆうじ》先生の三人が訪ねて来られる。三浦に、来る五月三日の憲法を学ぶ会において、スピーチをして欲しいとの依頼なり。三人共、二十年来憲法を学ぶ会の会員として、地道に誠実に活動している方々。太田さんは私たちと同じ旭川六条教会のメンバー。内沢先生と今野先生は私の小学校教師時代の同僚。戦時中、今野先生は二十一、二で応召。私は同僚として戦地の今野先生に慰問袋を送った。生徒たちの図画や綴《つづ》り方を始め、石鹼《せっけん》だの歯磨き粉だの、黍《きび》ダンゴだの、手拭《てぬぐ》いなどに添えて、私の手紙を入れたものだった。無事に帰還して来た時、先生は、

「慰問袋ありがとうございました」

と言ったが、戦後何十年も経ってから聞いたところによると、私の慰問袋を受け取る度、

「この野郎、まだ娑婆《しゃば》への未練を断ち切れんのか！」

と、上官に力一杯殴られたとか。その体験談は、過日小説「銃口」の主人公の体験とし

て頂いたが、大変な迷惑をかけたもの。

〇月〇日

珍しく昨夜二回、三浦の介助なしにトイレに立つ。一人で布団から出ることが出来、自分で立ち上がることが出来、トイレで用を足せるということは、何という大きな喜びであろう。ぐっすり眠っている三浦を、夜中に起こさずにすんだということも只《ただ》ありがたし。

〇月〇日

本日七十一歳の誕生日。病弱な私が、この齢まで生き得るとは思わなかった。いや、生き得たのではなく、生かされて来たのだ。あと何年の命ありや、只主を証しせんのみ。

〇月〇日

小説「銃口」、あと二回で終わらせようと思う。その終盤のために、今回は特に初めから全篇読み直すことにしたが、目が疲れてとても無理。三浦がすべて朗読してくれると言う。原稿用紙にして千五十枚、少なくとも四日はかかるべし。驚くべき意欲なり。早速三浦朗読を始めたが、その朗読がうまいため、私の文章が実際より倍も優れて聞こえる。これは喜ぶべきことか、悲しむべきことか。

○月○日

三浦、五日間で「銃口」三十五回分朗読を終える。感謝の言葉もなし。

○月○日

昨夜は二回、三浦に抱き起こされてトイレに。心臓も不調、発作による速脈、一日に六回も生ず。この発作、毎回短時間ながら不気味。

○月○日

夕刻、電話あり。三浦応答。どうやらまちがい電話の様子。ところがなんと相手は菊池政美先生の奥さん。ご主人の菊池先生は私の小説『泥流地帯』に出てくる菊川先生のモデル。夫人は三浦椅子《いす》店に電話をかけたつもりが私宅へ。おかげで三浦、楽しい電話となる。菊池先生は九十二歳になられた由、車椅子ながらご健在の由、三浦から電話の模様を報告されて、大いに喜ぶ。

菊池先生の家族は、六十七年前の十勝岳爆発による山津波で、一瞬にして流され、旭川に出ていた先生だけが残った。奥さんも幼児も共に失われた。が、その後、様々な苦労を経て、現在の明るい奥さんと結婚されたのであった。

折々心にかかっていたが、図らずもまちがい電話でその後の消息を知り安心。先生の生き方を見ると、どんな絶望状況にも希望をもって生きるべきことを教えられる。

○月○日

旭川星光教会の婦人牧師清水真理先生より電話。北鎮小学校のPTA主催の講演会に、講演をして欲しいとのこと。「無理であればご主人におねがいしたい」とのこと。私にはもう応ずる力なし。三浦、引き受けることにする。只でさえ忙しい三浦、無理にならねばよいが。

○月○日

『日々の聖句』をひらいていて、大いに感銘した聖句。

〈人々はイエスの教えに非常に驚いた〉

一読してどきりとした。そしてしんとなった。私はいったいキリストの言葉に、非常に驚いているだろうか。求道当時、私は、

〈人は安息日のためにあるのではない〉

という言葉に、非常に新鮮な驚きを感じたものであった。以来、聖書の言葉は幾度も私に驚きを与えた。だが近頃、そのような驚きを聖書をひらく度に私は感じているだろうか。神の子であるキリストの教えは、正に、非常に驚くべき教えなのだ。そのことをこの聖句は、いきなり私の胸に叩《たた》きこんでくれた。驚くべき教えの宝庫、聖書を手にしながら、私はいつしか驚きがうすらいでいたのではないか。初心忘るべからず。

○月○日

午後四時過ぎ、朝日新聞東京本社監査役秋庭武美氏、北海道支社の小池省二氏と共にご来訪。

秋庭氏は三年前脳梗塞《のうこうそく》で倒れ、更に昨年戸外で転倒し足を骨折された。しかし見事にその苦境を克服された。元気なお姿に圧倒される思い。

氏は今朝五時に起き、一時間リハビリの体操、一時間は散歩、その後自宅から羽田へ。羽田から千歳に飛び、千歳からは支社の車で旭川へ来られたと言う。私の見舞いにお出でくださったのだ。少しく足は引くものの普通人と変わらぬ姿勢。一旦《いったん》私宅で休憩の後、三浦の案内で、小池氏と共に美瑛《びえい》の丘や、小説『氷点』の舞台見本林を見て回られる。タクシーで一時間半余り。夕食は私も街に出て共にする。数々のアドバイス、励ましを頂き大いに力づけられる。

夕食後、旭川駅九時発の電車で札幌へ。明日は北海道支社の監査の予定とか。健康人でもこのスケジュールは並の厳しさにあらず。正に意志の人なり。只々脱帽。万分の一でも学びたきもの。

○月○日

午後七時四十分、思いがけなくロンドン在住の盛永牧師より問安の電話。来年のヨーロッパの日本人キリスト者の集会は、オーストリアのチロルに決まった由、祈ってご参加を待つとのお言葉。この体で果たして……とは思うが、とにかく〈御旨の成らんことを〉。ロンドンの時間では、今、午前十一時四十分とか。限りなく不思議なことなり。

○月○日

このところ、つづけて毎夜三浦に抱き起こされてトイレに立つ。眠りを中断される三浦はさぞ辛かろう。人間には限界がある。かかる介護に、いつの日か三浦が倒れる日が来ないとは断言できず。ああ……。

昨夜入浴、遂に体重四十キロを割って、三十八キロ。げっそり命を削られた思い。

○月○日

聖日。快晴。

礼拝後、急に便意を感じ、急いでタクシーを呼び帰宅。教会のトイレも、わが家のそれとそんなに変わりはないのに、スムーズに用を足し得ず。まことに厄介至極な病気なり。帰る途中、車の中で粗相せぬかと気が気でならず。帰宅するや否や直ちにトイレに。あと一分遅ければ危ないところであった。病気の辛さにも種々あるが、これもこの病気の辛さの一つなり。

○月○日

ひろさちや氏との対談。主婦の友社企画の対談集出版のため。インド哲学を専攻された温厚にして博識なる仏教者なり。今日から三日間、この碩学《せきがく》の人と話す内容が、私にありや否や。この度読んだ氏の著書に、

「仏教にも、先祖の祟《たた》りの思想はない」

との言葉があった。興味深し。聖書への造詣も驚くほど深く広し。

○月○日

一体こんなことがあってよかろうか。将棋のプロ棋士、小野敦生五段心臓病にて急逝の報。今年の正月、将棋の仲間数人と共にわが家に来て、指導に当たったのが、最後となった。プロ棋士となっても実に頭の低い、謙虚で柔和な青年であった。大成を大いに嘱望されていたのに、三十一歳、独身で一生を終えられた。正月、わが家から帰る時、私に手を伸べて恥ずかしそうに握手をして別れて行った。十年もわが家に来ていて、握手を交わしたのは初めてであった。あの時の、はにかんだ顔が最後と思うと、一日胸が痛し。

○月○日

結婚三十四周年記念日。今日までの三十四回、私たちの結婚記念日は、ほとんど快晴。ところが今日は、晴れのちくもり、遂に小雨まで。しかしすぐに雨はやみ、空が明るんでくる。偶然かも知れないが、結婚記念日が毎年好天気に恵まれてきたということ、やはり大きな感謝であった。感謝と言えば、共に弱かった私たちが、二人共七十歳前後まで生き、なおかつ働きつづけているということ、なんと大きな幸いであることか。

○月○日

私が小学校教師時代に生徒だった老林《おいばやし》洋子さん、ご主人を遂に失う。午前の外出が無理なため、三浦のみタクシーで葬儀場に。慰めの言葉なし。

○月○日

雨。五月の雨なり。

旭川六条教会会員の重岡教授が九十二歳にて昨日天に召さる。今日はその葬儀。葬儀には三浦のみ出席。氏は旭川の街に花を一杯咲かせる運動にその一生を捧《ささ》げられた。花を見て悪心を起こす人はいない。花のあふれる所、人々は天国のようだと言う。重岡教授の花一杯運動は、キリスト者としての証しの一つだったと思う。この運動で、氏は旭川市の文化賞を受けられた。仲よきご夫婦であっただけに、美代夫人の胸中、察するだに切なし。長寿には長寿の思い出も多く、また悲しみも多かるべし。

○月○日

昨夜は何と四回も自力でトイレに立てた。但し掛け布団は三浦に剝《は》いでもらう。それにしても、自分のことは自分で出来ると信じていた頃を思うと、正に、「昔は物を思わざりけり」であった。

朝から疲労多く、夕刻になってようやく仕事に。遂に本日「銃口」第三十七回に手を着ける。但し僅《わず》か四枚口述せしのみにて、三浦と散歩に出る。晩春の風物限りなく親し美し。

○月○日

小熊秀雄賞授賞式に、今年も出席できた。小熊秀雄の詩を愛し、その顕彰のために、一生を捧げた谷口広氏を思う。世には自分の顕彰のために命を削る者もあれば、赤の他人のために尽くして止まぬ者もあり。

今年の受賞者は農民詩人宮本善一氏。見るからに質実な人なり。三浦乞《こ》われてピアノ伴奏により「あざみの歌」をうたい、大いに拍手を受く。参会者の中に珍しく衆議院議員の五十嵐広三氏おり。氏は自ら絵筆を揮《ふる》い、筆も立ち、詩を解する文化人なり。

○月○日

昨夜は四回三浦に抱き起こされてトイレに。いつまでつづく症状か。

午後、山田克子《かつこ》先生を訪ねる。先生は、私に炭鉱の町歌志内《うたしない》小学校の教師として、就職を世話してくださった恩人。同じ屋根の下に二年近く住み、同じ小学校に勤めていた。小

説家である父上からの手紙を、見せてくださったことがあった。そこには私の写真を見ての感想が書かれてあった。なんと、

「この人は将来きっと小説家になる人だ」

との言葉だった。思いがけぬ言葉に、私はゲラゲラ笑ったことだった。時折、先生を思う時、このことを思い出す。今日もその話が出る。

○月○日

三浦、「いい言葉だな」と言って、アランの言葉を私に示す。

「自分が幸福に生きるためには、他人のためにあらん限りの努力をすべきである」

一読胸を刺される思い。三浦の毎日は、実に私のために、あらん限りの努力をしている姿だ。三浦の一日のどの時間を見ても、私のためか、他の人のために、それこそあらん限りの努力をしている。とにかく重い言葉だ。アランはフランスの哲学者で、一九五一年歿《ぼっ》とか。

○月○日

川谷威郎《かわたにたけお》先生、高木さんと共に、わが家で昼食。忙しい先生と同じく忙しい私たちが久

しぶりに会っても、なかなか落ちついて話が出来ず。

「先生、わたしのために祈ってくださっている?」

先生目を大きくして、

「祈っているとも。あなたがた二人のためには朝晩必ず祈っているよ」

その言葉に私は、いつかも先生がそうおっしゃっていたのに、何と失礼な問いを発したことかと恥ずかしくなる。

夕刻、元朝日新聞の記者草野真男《さなお》氏来宅。旭川支局長衛藤《えとう》氏と共に。草野氏は、私の小説「氷点」入選の記事を書いてくださった練達の人。この人もまた絶えず私の健康を心配してくださる方。今日も親切なお励ましを数々頂く。昨年病篤《あつ》かりしを、元気になられて何より。

○月○日

昨夜は五回トイレに立つ。五回共三浦の手を借りる。布団から立ち上がるにも、トイレに入るにも。三浦、眠りを中断されても、相変わらず優し。私が詫《わ》びると三浦曰《いわ》く。

「こっちが痛いわけではない。綾子のほうが辛いんだ。遠慮をするな」

言葉なし。

○月○日

三浦と二人でテラスからわが家の庭を見る。オダマキの花、スズランの花が心を惹《ひ》く。共に一歩引き下がって生きているような花だ。ふと斎藤茂吉の短歌を思った時、三浦その短歌を口に出す。よくあることなり。

馬屋《まや》の辺におだまきの花乏しらに馬が折々尾を振りにけり

実にいい短歌だ。情景が鮮やかに目に浮かび、心にしっとりと沁《し》みてくる。

○月○日

夜、拓銀ホールで、胡美芳《こびほう》さんの歌と証しの伝道集会。野田市朗先生の腹話術と共に。胡美芳さんの歌も証しも実に感動的。ホール一杯の心の昂《たか》まりがそのまま伝わってくる。野田先生の腹話術は胡美芳さんに時間を譲って短かった。が、腹話術によるメッセージもまた驚異的。いきなり福音の真髄に触れて絶妙。一生にそう度々聞ける説教にあらず。キリストを伝える方法に多々あることを、またしても教えられる。主宰の旭川星光教会の清水真理先生も感動の面持ち。清水先生は、いつ会ってもあたたかい笑顔の婦人牧師。

○月○日

花の日礼拝。小学三年生の時、私は現在所属している旭川六条教会の日曜学校に通っていた。花束を胸に抱いて、すぐ近くの病院に患者の見舞いに行った。それが人を見舞うことの初めであった。わが家では、見舞いは母が一人で足まめにやっていた。あの時の、病室で見た患者たちの笑顔は実に印象的であった。あれから六十年、今も尚花の日礼拝とCS生徒による見舞いは受けつがれている。正しくこれぞ主の御業。

午後、聖日なれど「銃口」に取り組む。そして遂に、実に遂に書き上げる。千百十枚の三年八ヵ月に及ぶ仕事であった。只々主の御恵み。私の口述を筆記しつづけてくれた三浦にも、感謝限りなし。

## 「銃口」完結

○月○日

昨日書き上げた「銃口」最終回を、午後ファックスにて送稿。間もなく眞杉編集長より電話あり。

「すばらしいお原稿でした。終わり方も見事です。ほんとうにありがとうございました」

三年半余り担当してくださった眞杉氏の言葉に熱いものを覚える。長篇を書かせる編集者は、作者とはまたちがった苦労と忍耐がある筈《はず》。この小説、眞杉氏が編集者であったからこそ出来た仕事と、改めて思う。三浦と共に感謝の祈りを捧ぐ。

○月○日

曇り。むし暑し。

夜、入浴。「銃口」が終わったおかげで、三十四日ぶりに風呂《ふろ》に入り得た。三十四日前は体重三十八キロだったが、三十九キロに回復。やや安心。

○月○日

『信徒の友』の「日毎の糧」の頁をひらく。ルカ六章三七〜四二がテキスト。

〈兄弟の目にあるおが屑《くず》は見えるのに、なぜ自分の目の中の丸太に気づかないのか〉

この言葉に対して、小友聡《おともさとし》先生は次のように述べておられる。

〈……私も「人を裁いてはいけない」という言葉を教会でしばしば口にします。私の口ぐせかもしれません。しかし、その「人を裁くな」を口ぐせにしている自分がやたらと人を裁く言動をとっていることに気づかされ、愕然《がくぜん》とすることがあります〉

〈……それは、自分自身が先生気取りで、いつの間にか相手よりも一段高い所に立って見ているからでしょう〉

ぐさりと胸を刺される思い。それにしても何と謙遜《けんそん》な言葉であろう。自分のことを、こうはなかなか言えぬもの。

○月○日

「銃口」が終わったら時間が出来る、人を見舞いにも行ける、本も読める、小さな旅行も出来る……などと思っていたが、人間の思うことの何と愚かなことか、「銃口」を終わって間もなく三浦が先ず風邪をひき、つづいて私も同じ症状の風邪をひく。咳《せき》が出、痰《たん》が切れずに苦しむ。熱も三十八度まで上がる。遂に柴田先生に往診を願うこと、二度三度。そんな日々を重ねて一週間になる。三浦は悪寒を覚えながらも、夜、私の介護をしてくれた。一夜は小西和子さんに泊まってもらって面倒を見てもらった。このところ、ようやく二人共熱おさまる。

○月○日

三浦、夕食後椅子《いす》の上で居眠り。その居眠りの中で、三度虎に襲われる夢を見たとか。三度目は虎の口に棍棒《こんぼう》を捩《ね》じこみ斥《しりぞ》けたとか。これぞ虎口を脱したということか。さぞ疲れているが故の夢であろう。

○月○日

快晴。窓から見る限り、雲一つなし。青空を見つめているうちに、ふと妙なことを思う。世界中快晴である日が、地球始まって一日でもあったろうか。同様に、世界中が大風とか、豪雨とか、どこもかしこも同じ天気であったことが、一度でもあったろうか。今日の旭川が快晴でも、一日中土砂降りの所があるのだと、実に単純な事実に、この七十一歳の今日まで、思いもせずに生きてきた。隣人を愛するとか、人類を愛するとか、口では言っても、その日の天気さえ思いやったことなし。

昨日、私の病状を案じて、札幌からわざわざ見舞いに来てくれた弟鉄夫の、不安そうな表情が身に沁みる。弟よ、札幌の今日の天気は快晴か。

○月○日

旭川啓明小学校時代の同僚と、午後六時から夕食会。出席者は年々減って七人のみ。共に敗戦を迎えた仲間だから、去年は出席できた人でも、今年は腰痛で歩けなくなっていたり、老化現象がひどくなって夜の外出は無理になっていたり、様々な変化が起きているのだ。

私は今年三浦に附き添われて出席。はるばると仙台から出席の松本秀子先生、誰も気づかぬうちに、そっと席を立ち、衝立《ついたて》の陰で何かしていたと思うと、二、三分と経たず踊り出た。真っ赤なチャイナ服姿になって、幾つかの手品を披露してくれる。その手並みの鮮やかさに、一同呆気《あっけ》にとられる。敗戦前は二十歳だった彼女も、今は六十をとうに過ぎた。過ぎ去った四十数年の間に、はじらい勝ちな乙女だった彼女は、明朗で積極的な女性になった。その姿に年月が鍛えたものを痛感。それぞれ若い時とはちがった生き方をしているのだ。

当時多くの男性は戦地に赴き、女性もまた、一人一人戦争の重みを肩にめりこませて生きていたのだ。松本先生の手品を見ながら、私はしみじみ年月の移り変わりを思った。

○月○日

晴れのち曇り。受洗記念日。あれから四十一年経った。札幌医大病院の東病棟の二人部屋だった。私も隣ベッドの人も肺結核で、その病棟は俗に重症病棟とも言った。敗戦後の日本はよほど貧しかったと見え、時折夜になると鼠がバリバリと押し入れを食い破った（元看護婦寮であったというこの病棟には、押し入れも襖《ふすま》もあった）。いくら声を上げて追い立てても、鼠たちは遠慮会釈なく掛け布団の上を走りまわった。この病棟で「乳房喪失」の歌集で有名な中城ふみ子が死んだと聞いた。

しかしそんな病室であっても、私にとっては新生を記念する生涯忘れ得ぬ部屋となった。病床受洗を与えてくださった小野村林蔵牧師、ぼとぼとと涙をこぼしながら祈ってくれた西村久蔵長老、終始親切にしてくれた越智一江婦長、そして受洗の式に附き添ってくれたナースの姿も、ありありと目に浮かぶ。あの日がなければ、いったい私はどうなっていたことか。私を捉《とら》え給うた神に只々《ただただ》感謝。

本日午後、小学館の眞杉章氏、評論家黒古《くろこ》一夫氏、鈴木直子氏来宅。今日が受洗記念日と聞いて、眞杉氏大いに喜んでくださる。予定の「『銃口』を終えて」の対談スムーズに。夜、三浦のみ夕食接待に外出。私は洋子秘書に介護してもらいつつ留守番。

○月○日

道内のある中学校で、中一の女生徒、列車に飛びこみ自殺の記事を読む。いじめによるらしいとのこと。いかに辛い毎日であったことかと胸が詰まる。三浦曰く。

「われわれ子供の頃は、いじめられて死んだ話はほとんど聞かなかった。当時はかなり足を引く子供でも、近眼の子でも、知恵が遅れている子でも、みんな一つの教室で勉強した。だからいじめが少なかったのではないか」

私はうなずいた。戦時中私の教えた生徒の中には、自分の名前をどうにか書けるという程度の子が、クラスに必ずいたものだ。脳性麻痺《まひ》で動作ののろい子もいた。しかし、子供たちは、そうした友だちに親切にする喜びも学んでいたような気がする。現代はあまりにも、ハンディを負った者の身になって考えることがなくなっているようだ。その辺りに問題はありはしないか。

○月○日

昨夜また二人共咳《せき》。風邪ぶり返してきた感じ。二時まで不眠。

午後四時半、関西より盲人音楽家阪井和夫氏に従いて浜田盟子さん、中川陽子さん、そして盲人のクリスチャン・フレンド川澄君子さん来宅。阪井氏、携帯用ピアノを弾き、その伴奏で浜田さんが、水野源三氏の詩を数曲歌ってくださる。歌声もさることながら、光り輝く表情の美しさに深く感動する。昨夜からの体調の悪さも、敬虔《けいけん》な歌声とピアノ演奏に、すっかり癒された感じ。ご一行、明日は六条教会の礼拝後、奉仕してくださるとのこと、感謝なり。

○月○日

二人共教会へ行けず。昨日来てくださった阪井氏たちのために祈る。

夕刻、三浦の棋友上部務氏、私の小説『母』を数十冊ご持参、サインを頼みに。ご長男の結婚披露宴の引き物にお使いくださる由。『母』以外の本も何十冊かつづけてご持参くださる由。ふだん私の本をほとんど読まない上部さんが、感動のあまりお祝いに使ってくださると知り、何とも言えぬ喜びで胸が一杯になる。聖名の崇められんことと共に、そのご結婚に祝福を切に祈る。

## 奥尻島地震

〇月〇日

夜十時二十分、テレビドラマを見ていた。台風シーンである。と、津波警報の字幕が画面に映し出される。二人共ドラマの一シーンかと思っていたら、すぐに奥尻島《おくしりとう》の被害が報じられる。今、たった今、津波にのみこまれた大勢の人が海中にいる！　思っただけでもやり切れず。惨害の僅《わず》かでも少ないことを祈りつつ就床。

〇月〇日

朝、直ちにテレビのスイッチを入れる。たちまち昨夜の奥尻島の地震、地震による火災、津波による被害の実態が次々に映し出されて呆然《ぼうぜん》となる。私たちの眠っている間に、いったいどれだけの人が津波にさらわれ、家を焼かれ、土砂の下に埋まったことか。言葉もなし。

夕刻、夕刊の報道に、また胸を刺さる。

〈死者三六、不明約一〇〇人〉

〈奥尻に壊滅的被害〉

〈襲う土砂、火災、波〉

〈亀裂と陥没、交通途絶〉

等の大見出しが目に飛びこみ、絶句。凄《すさ》まじい被害の写真もあまた目に迫る。

「御心《みこころ》の天になるごとく、地にもなさせ給え」

の祈りの、まことに少ないこと、申し訳なし。被災者の方々のために、只々主の憐《あわ》れみを祈るのみ。

○月○日

井手《いで》稔裕《としひろ》氏、安らかに召されしとの電話桂子夫人より。ご夫妻がキリストの救いを求めてはるばる東京より旭川まで訪ねて来られたのは、およそもう二十年も前のこと。紅葉の美しい頃であった。以来このお二人の変化に影響されて、数多くの職員たちが教会に通うようになった。近年稔裕氏は癌《がん》に侵され、遂に召されるに至ったが、主がどれほど愛してくださったことか。桂子夫人の熱い祈りも思いやられる。ご遺族の上に、主の慰めの大いならんことを。

○月○日

本日、教会は野外礼拝。三浦、野外まで足を延ばせぬ残留組のために、奨励の奉仕。与えられたテーマは、野外礼拝と同様〈よきサマリア人〉のたとえ。三十人も残るかと思っていたら、意外にも八十九名からの出席。旅行者が多かったことにもよる。旅行者の中には堺からの丁弘鎮《チョンコーチン》・韓吉順《ハンキリスン》ご夫妻を始め、本州からの旅行者多し。三浦の教会学校時代の教え子大谷真樹子さんも母上と出席してくれてうれし。友人村田和子さんも、幾人もの知人友人を誘って出席してくださり、ありがたし。三浦、一信徒なれど三浦なりに懸命に話をして、何とか務めを果たさせていただく。芳賀《しが》先生始め、多くの方の祈りを思うと共に、毎週説教される教職者先生の大変さを改めて思う。

○月○日

本日、三十度。夏はやはり暑いに越したことなし。

○月○日

市内の神居《かむい》公民館に三浦朝から出かけて行く。私の教え子目加田祐一氏の講演会なり。

彼の講演の方法は、まことにユニークである。テーマは、連載が終わったばかりの私の小説「銃口」に寄せてということ。「銃口」は聴衆のほとんどが読んでいない筈《はず》。目加田氏はそんなことに一向お構いなく、私の取材した三人の生き証人に語らせ、詩吟の巧みな友人に吟じさせ、ある人には即興画を描かせ、その間を縫って自分が講演する。三浦も頼まれて、三木露風作詞「ふるさとの」と、反戦軍歌「戦友」をうたわせられる。それで結構二時間半講演を聞かせたという。しかも、ここの館長、館始まって以来初めての感動的な講演と言ったとか。先ずは目出たし。

○月○日

昨夜も自力で起き上がり、トイレに。今月何度も三浦に抱き起こされて夜トイレに立ったが、ここまで回復できたことを感謝。

○月○日

四国の鴨島《かもじま》より伊藤栄一先生数年ぶりにご来旭。午後四時二十分、三浦、駅に出迎えに行き、わが家におつれする。大きな声、明るい笑顔、精気に満ち満ちた挙措、八十九歳の高齢にはとても見えず。夕食の冷やしソーメンを大いにお喜びくださる。

二十余年前、初めてお会いした時とほとんど変わらず、そのお元気な姿に驚く。奥さまを天に送られてからは、ご子息の誠さんと二人だけの生活。さぞや淋《さび》しくいられるかと思いきや、先生曰《いわ》く。

「感謝です。誠は実にやさしい息子で、入浴の世話まで喜んでやってくれます。キリストのお陰です」

相変わらず感謝にあふれていられる。

七時から旭川六条教会伝道礼拝にご奉仕くださる。旅の疲れも見せず、予定を四十分以上も超えて熱心に語られる。幾度も感動。札幌から三浦の姪《めい》夫婦が駆けつける。先生の第一回の伝道集会で、姪の夫三上光春が救われたのであった。あの時、幾人かの青年たちが、先生のお話に感動して受洗に導かれたことを改めて思い出す。

○月○日

午前十時、三浦と共に伊藤栄一先生のホテルに。昨夜の長時間の講演にもかかわらず、お疲れの様子全くなし。二、三のお言葉のあと、私たちのために長々とお祈りくださる。ありがたけれど電車の時間が心配で、時々時計を見る。ようやくお祈りが終わって、旭川駅に駆けつけた時は、発車まで三分あるかなし。ホームの階段を降り、また上り、きわどく乗車。〈信ずる者はあわてない〉の聖句を地で行く先生に、またしても脱帽。
お見送りの芳賀《しが》先生ご夫妻と感心して帰る。

○月○日

幾日か前から面会申し込みのあった李炳墉牧師夕刻来宅。京都より。私の本を読んで献身の道を志された由。まことに平和な表情の先生なり。拙い著作が知らぬ所で用いられていること、まことに畏《おそ》れ多し。美しき花束を頂く。

○月○日

鎌倉の門馬義久先生より電話。「銃口」最終回を『本の窓』でお読みくださった由。「その体力で、よくこれだけの作品を書き上げた」とのおほめの言葉なり。『氷点』以来、牧師として朝日新聞の記者として、私の作品を見守りつづけてくださった方の言葉故、感謝もひとしお。

○月○日

昨夜は一人でトイレに行くことができた。全く自力で立ち、トイレに入り、また戻って布団に入り得たことを、朝三浦に告げると、大いに喜んで頭を撫《な》でてくれる。自分のことを自分で出来る、その平凡なことの、なんと平凡ではないことよ。

○月○日

晴天。

午後、新潟より敬和学園高校校長榎本栄次先生ご夫妻と、同校の職員鈴木孝二先生ご夫妻、そしてそのご子息とお嬢さん来宅。榎本先生に会う度に思うことあり。先生は自分のことをほめない。自分の失敗談や弱さをよく語る。敬和高では生徒の一割が受洗しているとか。この荒れた現代に、正に奇跡。来月、NHKで先生の講演が放送される由。必ずや多くの人に感銘を与えることと思う。

○月○日

昨夜、トイレの中で一時間立ちすくむ。自力で布団から脱け出し、トイレに入り得たのだが……。病に山坂はつきもの。

○月○日

細川総理、十五年戦争を侵略戦争と発言。久しぶりに聞き得たわが国首相の言葉。但しその姿勢をいつまでつらぬき通し得るや、心配なり。

○月○日

〈あわてることから、かつてよいものは生まれたことがない〉というドイツの諺《ことわざ》を、三浦見つけて告げてくれる。〈信ずる者はあわてない〉の聖句に通ずる言葉なり。

○月○日

敗戦記念日。毎年巡り来るこの記念日を、どのようにして迎えるか、これ、毎年自分自身に問われる事柄なり。決して馴《な》れてはならぬ問題なり。敗戦後既に四十八年、敗戦時に生まれた赤子が五十になろうとしている。戦争で死んだということがどんなことか、見据えられぬままに生きている世代と、昨日のことのように胸を抉《えぐ》られる思いの人々とがある。ああ、われ何をなすべきか。

○月○日

三浦と共に夕方墓園に。小雨の中、父母、兄、妹、弟などの墓碑を巡り、その度に三浦が祈る。親きょうだいの恩も、全能者の恩恵であること、親きょうだいの一生の労苦を、常に正しく記念し得るようになど、キリストの名によって。

静かな墓原を歩みながら三浦曰く。

「原始仏教には葬式もなく、墓も建てないそうだね」

その仏教に墓が入ったのはいつのことか。旧約聖書には、墓に関する記録がよく出てくるのだが。

○月○日

『アララギ』誌を見ていて、医師小国孝徳氏の作品が目に入る。

大本営の生き残り集めて南海の島々に散る骨拾はしめよ

強烈なり。小国氏は友人たちの多くを、戦争に失ったにちがいない。この憤りこそ、平和を切望する意志なのだ。

○月○日

夕刻、常田二郎先生ご夫妻来宅。先生、マスクをして、

「あなたがたに風邪をうつしては大変だから」

と、玄関にて早々に帰られる。いつもながら愛の深き方なり。それに反して、私は風邪と聞いて引き止めもせず、冷淡至極なり。約束の明日の昼食も、先生は辞退される。

一時間後、柳沢永遠子《とわこ》さん来訪。故竹内厚牧師のご息女なり（竹内先生は私たち夫婦の仲人）。永遠子さん、オカッパ頭の幼顔が残っていて、愛らしと思えど、既に四十半ばを超えられたとか、月日の流れの早さを思う。

○月○日

札幌の弟鉄夫、本日斗南《となん》病院に入院。心重し。

五時過ぎ、東京薬科大助手宮本法子さん、お嬢さんをつれて来訪。パーキンソン病の伯《お》父《じ》上、今では薪割《まきわ》りをするまでに回復したとか、一人の人でも快方に向かった実例は、多くの同病者を力づける。一人の可能性は万人の可能性なのだから。

○月○日

『朝日新聞』歌壇の近藤芳美氏の選歌は、三十有余年心惹《ひ》かれてきたところ。今日の一首、

吾がためのキニーネ一錠秘匿しつつ戦友死なしめしを悔い傘寿こゆ

松戸市の高沢義人という人の作。戦争中、南方においてはマラリヤが猛威をふるった。キニーネはその特効薬であった。発症した戦友に、自分のキニーネを遂に譲り得なかった。その悔いを抱きつつ自分は八十歳を超えるに至ったというのである。涙をとどめ得ぬ歌だ。

○月○日

久しぶりに無言電話。どんな人かは知らないが、話し合えば意外と気の合う友人になれる人かも知れぬとも思う。その人の平安を祈る。

○月○日

姪《めい》由美子より電話。鉄夫の術後の経過順調とのこと。悪い病気ではないらしくひと安心。

○月○日

昨夜、トイレから出ようとして、突如すくみに襲われる。十一時半から一時半まで、実に二時間、トイレの中に立ちすくむ。晩夏の夜と言えど肌寒くなる。よほど三浦を呼ぼうと思ったが、安眠を妨げるのも忍び難く、遂に呼び起こさず。それにしても、このパーキンソン病のすくみは、正に魔法にかけられたような不気味さ。神は実にいろいろな病気も造られた。人間が如何《いか》に弱き者なるかを知らせ給うためか。

○月○日

夕方散歩。午前中は腹痛だった。痛みのあったあとは、何となく心が優しくなるものだ。静かな気持ちで三浦と肩を並べて歩く。七、八百メートル程歩いたところで、車道を走ってきた車がとまった。若い女性が降りて来てファンだという。昨日結婚式を挙げたばかりという。本州から旭川に嫁に来たとも。新郎なる人も降りて来て挨拶《あいさつ》される。見るからに清らかなカップルだ。走っている車をとめてまで挨拶することはむずかしいもの。必ずよい家庭が築かれるように思われて心あたたまる。お舅《しゅうと》さん夫妻も、別の車をとめて挨拶され、恐縮。ていねいなご一家。

夜入浴、三十八・五キロ、三浦四十九キロ。

○月○日

今日で八月も終わる。光世しばらくぶりに下血。相変わらず動ぜず。

# 第三章　主よ御国を来らせ給え

## 全集刊行記念会に上京

○月○日

関東大震災記念日。旭川クリスタル・ホール開館式。噂《うわさ》によれば日本でも屈指の音楽専用ホールとか。音楽に関心の薄い私だが、カーテン一枚あるかないかで、音の反響が全くちがうということを聞き、その微妙さに驚く。私たちの信仰生活も、何を持ち過ぎているか、あるいは欠けているかで、ずいぶんとちがった影響をもたらすのではないか。

午前中体調のくるい勝ちな私は欠席。三浦のみ出席。三浦は開館式のあと、ホールのすじ向かいの旭川営林支局に寄って来る。元の職場はさぞ懐かしいことであろう。

○月○日

昨夜は珍しくトイレに二回立ちしのみ。就寝中の排尿がゼロになったら、どんなにうれしいことだろう。

昼十二時、戦時中綴《つづ》り方事件で不当に捕らえられた土橋明次先生ご来訪。明晰《めいせき》な頭脳と豊かな感情、公平な判断、話をお聞きしていて幾度か感動する。考えてみると、どこかの大学を出たことも一つの履歴かも知れないが、土橋先生のような体験は痛ましくも貴重な履歴である。

○月○日

夜、台所のテーブルの上で色紙を十枚余り書く。新聞社のチャリティー用に頼まれたもの。パーキンソン病の字のふるえは相変わらずながら、それでもかなり回復。三浦に幾度も、「筆を斜めに倒すな」と、きびしく注意される。筆を真っすぐに持つということが、なぜこんなにもむずかしいのか。意志が弱いのか、病気がそうさせるのか、少々情けなくなる。十時頃ようやく所定の枚数に達する。三浦、

「偉い、偉い」

と頭を撫《な》でてくれる。それのみにて満足。単純極まる人間なり。

○月○日

鹿児島に台風禍のニュースをテレビで知る。西はまこさんたちの安否を気遣う。

夕刻、三浦の棋友上部務氏のご子息修さんの結婚披露パーティーにターミナルホテルへ。

なぜか三浦共々幾度も感動す。務氏の夫人は先年惜しくも世を去られた。氏の胸のうちが思われてならず。が、新郎修氏の一挙手一投足には実に真心がこもっていた。深々とした礼、微笑の絶えぬ顔等々、何とも心打たれる。

三浦、所望されて真っ先に「あざみの歌」をうたう。三浦の歌も、その感動に応えるかのように、先ずはよい出来で安心。

○月○日

思いがけず声楽家五郎部《ごろうべ》俊朗さん夫妻がお訪ねくださった由。残念ながら午睡の床に就いていて来訪を知らず、会えずに終わる。昨夜、すばらしい歌唱を聞き、夫人共々挨拶くださったことで満足すべし。

今日も鹿児島の台風禍が心配で、西はまこさんに電話するも通ぜず、あるいは重大なことになっているかも知れず……。

夜、やっと西はまこさんに電話通ず。幸い無事であったとのこと。しかし西はまこさんのピアノの教え子の小学五年生の女の子と、その両親、祖母が風水害で亡くなり、あとに残った小三、小一、幼稚園児の三人が一日中泣いているとのこと。その祖父も神のお心がわからぬと嘆いているとか、暗然となる。

「主よ御国を来らせ給え」。ヨブ記を思いつつ祈る。

○月○日

三浦、市内の北鎮小学校へ講演に。父兄のため。題して「妻を語る」。二百数十人の聴衆とか。講演を聞いた目加田氏から賞讃の電話。安心す。演題は主催者の求めによるもの。欠点多き私のことを語るわけだから、話の種は尽きぬ筈《はず》。ともあれ神の御名の崇められんことを。

○月○日

イスラエル対PLO（パレスチナ解放機構）相互承認のニュースあり。一つの結果がまた一つの原因となる。更によき結果がもたらされるように。

○月○日

道南オリーブの会会員吉田有里元会長、佐藤公子会長始め十一名来宅くださる。午後三時五十分より五時五分まで。短い時間ながら楽しきひと時。公子さんの子供さんたちから、縫いぐるみの小犬を土産にもらう。それが正にふた児のように同じ小犬。小さな手から渡された小犬のなんと頰笑《ほほえ》ましいことよ。こんな時、私は幸せを感ずる。帰る時、旭《あきら》ちゃん、私の頰《ほお》にキスしてくれる。

美しい夕焼け。夕焼けは明日に幸せが待っているような感じにさせるものだ。

夕刻六時半、上野昌夫《まさお》氏のご子息昌喜《まさき》さんの結婚披露宴出席のため、三浦とパレスホテルに。会場で思いがけなく新郎の祖父鈴木新吉氏に会う。車椅子《くるまいす》に乗ってはいられたが、九十歳を超えて堂々たる風格。辺りを圧するものあり。鈴木氏は私の小説『岩に立つ』の主人公のモデル。婚礼出席のため、はるばる横須賀より来旭されしもの。建て主が貧しい場合、最高の技術を投入せよと指導した棟梁《とうりょう》なり。私の手を固く固く握って喜んでくださる。胸が熱くなる。

○月○日

夜、電話。三浦応対に。未知の婦人、涙ながらに印鑑を変えて病気を治すよう勧めてくれたとか。泣き声も商法の一つかも知れず。

○月○日

今夜は四十代の女性より電話。クリスチャンだけれど、すべてがいやになった、家庭も信仰も自分もいやになったとのこと。よくわかるが、それ故にこそ十字架を見上げて欲しいと返事。信仰とは要するに自分の思いどおりになることを望むのではない。もうひと押し神を信じてみたらどうか。捨てて捨てて得る神ではない。孤独になり、行き詰まった時にこそ、その隣に神はいられるのだ。そんなことも話す。

○月○日

「一度もだまされたことのない人は、よいことをしたことのない人にちがいない」（リュベルト・マイエル）

おもしろい言葉だと思う。三浦に告げると、「聖書にも、『なぜだまされぬか』という使徒パウロの言葉もあったな」という言葉が返ってきた。いい言葉の母体が聖書にあることはしばしば。むろん他の経典等にもあることだが……。

○月○日

早いもので、東京から帰って三日。行く前は無事に東京に着けるかと思っていたが、不思議なほどに疲れていない。

一日のうち十五時間も横臥《おうが》していた私が、東京で全集出版の記念会をしてもらおうと思い立った時、主催者側の主婦の友社の人たちは驚いた。言い出した私が驚いたくらいだから無理もない。私の全集二十巻が出た記念のイベントに、旭川で講演会をするか、文学展をするかの話があったのだ。その時私は、幾度も自分が講演をしている地元の旭川よりは、東京で何かしてもらいたいと思ったのだ。

その願いが実って、講師は文芸評論家の尾崎秀樹《ほつき》先生と、同じく評論家の高野斗志美先生におねがいすることになった。私と三浦はご挨拶《あいさつ》ということ、それも上京できたらという条件つきだった。一日に最低千歩は歩く訓練をし、体調を整えるように努力はしたものの、東京へ行けるという確信は全くなかった。主治医の伊藤和則先生が同行してくれることになり、三浦はむろんのこと、秘書の八柳洋子、ユニークな年譜を全集に書いてくれた英語教師村田和子さん、旭川大学教授でもある高野斗志美氏の、総勢六人の賑《にぎ》やかな旅となった。修学旅行など行ったことのない私には、初の団体旅行と言ってよい。

幸いにして体調は乱れることなく家を出たが、旭川にしては珍しい強い風だった。私は不安に駆られた。私に同行したばっかりに……というような大事故に遭遇しなければよいがと祈りつつ、空港に向かった。と、不思議なことに風がうそのように止み、機中も穏やかなうちに遂に東京の土を踏んだ。

第一夜はぐっすり眠って、朝一同と共に山の上ホテル界隈《かいわい》を散歩に出る。十一時には主婦の友社カザルスホールに行く。このホールは日本三大音楽ホールの一つと聞いたが収容人員五百名、それに対して申込者千五百名を超え、千名はオミットされたという。

講演前、控え室に編集者、知人、友人等々懐かしい顔を見せてくださる。さて、講演会は主催側の上原専務の挨拶に始まり、次いで三浦と二人で登壇。私は二、三の人に抱えられながら。三浦が先に挨拶に立つ。三浦が話し始めるや否や、涙ぐむ人、幾度も目を拭《ふ》く人が壇上から見える。話が終わろうとする頃、三浦、突然『讃美歌』四〇五番の一節、それも後半を歌い出す。

また会う日まで　また会う日まで……

その短い歌に熱烈な拍手が長くつづく。

私のあと、いよいよ高野先生の講演。牧師信徒もなかなか出来ぬような熱のこもった講演。正に伝道集会の感。感動しきり。

最後を締め括った尾崎先生の、日本におけるキリスト教文学から説き起こしての講演も見事で、大いに感謝。

三日目、羽田飛行場には教え子原晴美さん、クリスチャン新聞の佐々木弘氏も来てくれて感激。

かくて四時前無事帰宅。願いにまさる恵みに畏《おそ》れつつ幾度も感謝。

## 体重減少

○月○日

昨夜も三度三浦に介護されてトイレに立つ。その三度目が、もう朝の五時であった。三浦は、「目が覚めたから」と言ってそのまま起床。「もう一時間寝たら？」と言う私に、「仕事、仕事」と言って、階下に降りゆく。近頃は長くつづけていた英語の勉強も割愛しての仕事ぶり。礼を言うにも詫《わ》びるにも言葉なし。

夕刻、前進座制作担当の津金《つがね》実氏、脚本家田島栄氏より電話。私の小説『母』の初めての舞台公演が、たった今終わったところと。幕が降りても大半の観客が感動の涙で席を立てずそのまま座りつづけているとのこと。大成功なり。来年二月より、本格的各地公演の予定。成功を祈るや切。それにしても主役のいまむらいづみさん、ほとんど本一冊の長いせりふをよくぞ覚えられたもの、感歎《かんたん》あるのみ。

○月○日

う。

三浦、今朝は六時起床。過労死などにならねばよいが……と、私は布団の中。インド大地震、死者二万一千を超すとのニュース。胸痛む。改めて奥尻島の犠牲者を思う。

〈もはや、死もなく、悲しみも、叫びも、痛みもない〉(黙示録二一・四、口語訳)

その日が一日も早く来らんことを。

夜、久しぶりの入浴。三浦が私の着替えから、湯加減から、体を洗うことから、徹底的にせわしてくれる。足のふらつく私のために極度の緊張を持って。体重三浦四十九・五キロ、私三十九キロ。

○月○日

「翻訳ということは、むずかしいことだな」

言いながら三浦が、広告紙の裏に書き出した聖句を見せてくれる。

〈困苦《くるしみ》にあひたりしは我によきことなり〉(文語訳)

〈苦しみにあったことは、わたしに良い事です〉(口語訳)

〈苦しみに会ったことは、私にとってしあわせでした〉(新改訳)

〈苦しみに遇ったことは、私にとって良いことでした〉(現代訳)

〈卑しめられたのはわたしのためにに良いことでした〉（新共同訳）
何《いず》れも詩篇第一一九篇七一節の聖句である。右のうちどれが一番原文に近いのか。ぼう大な聖書の一語一語の翻訳の大変さを思う。私としては、それほど原文と相違がなければ、読み馴《な》れた語句を踏襲して欲しかったとも思う。三浦の歌にこの聖句を引用した一首がある。

苦しみに遭ひたるはよし腎一つ摘《と》られてキリストを知りて今日ありこの歌に力を得て立ち直った人がいた。新共同訳とは食いちがった歌になってしまったのだが……。

○月○日

オーストラリアよりヘイマン先生ご来旭。いつも仲のいいご夫婦だった。が、先生が夫人を同伴されることはもう決してない。優しさのあふれるヘイマン夫人は、昨年癌《がん》で召天された。男ばかり四人のお子さんを残されて。どんな思いで召されたことか。

「感謝ですね。主がしてくださることですから、感謝ですね」

と、いかなる時にも愚痴一つこぼさずにいられた夫人。以前私たちが住んでいた粗末な家——風呂《ふろ》もない家に住んでくださり、福音の宣教に努めてくださった先生ご夫妻を思うと、胸のしめつけられる思いになる。

久しぶりにお会いしたヘイマン先生、相変わらず柔和な微笑、謙遜《けんそん》な物腰なり。再び日本への伝道を志しておられるとか。夜、込堂《こみどう》先生一家と共にヘイマン先生を囲んでの夕食会。

○月○日

午後、仕事を終えて散歩に出る。歩いているうちに、旭山公園に行って見たくなる。タクシーを拾って二十分、旭山に着いて息をのんだ。桜の木という桜の木がすべて、美しく紅葉していた。楓《かえで》やナナカマドの紅葉の美しさは幾度も見てきたが、桜の葉がこんなにも美しく色づくとは知らなかった。群生の故でもあろうか。他の木々に先んじてまことに初々しい紅葉だった。車の中まで照り映える美しさに幾度となく声を上げる。創造者の働きの何と見事なることよ。夜になっても、桜の紅葉が眼裏を去らず。

○月○日

聖日礼拝。背の高い見馴れぬ女性が、近くで大きな声で、上手に讃美歌をうたっていた。礼拝が終わると挨拶される。三十四年ぶりで母教会の礼拝に出たという。お名前はなんと、堀田《ほった》文子《あやこ》さんとか。私の旧姓と同音なり。三十四年前と言えば、私と三浦が婚約し、結婚した年なり。私は旧姓堀田綾子だったが、彼女は文子と書いて「あや子」と読む。それで、三浦の妻になる人は当時高校生だったこのあや子さんと思いこんだ人もあったとか。礼拝後、階下で共にソバを食べながら、そんな思い出話が出る。幸い笑い話で終わったが、万一同じ呼び名であることから、誰かがあらぬ噂《うわさ》を立てようものなら、いささか厄介なことになったかも知れず。小説家的発想でそんなことを思いながら、彼女のつらぬいてきた信仰の固さに感銘。

○月○日

夜、入浴。三浦四十九キロ、私三十八キロ。また一キロ減る。食欲の秋というのに。体重の減るのは、いつもながら淋《さび》しいものだ。五十七キロあった頃からみると、約二十キロ減。

「二十キロは宅配便で荷物にし、一足先にあの世に送っておいたわよ」

そんな冗談を言いながら、本当にそんな気もしてくるから不思議。

○月○日

書きおろしのエッセイ、六十枚を超えたが、不意に初めから書き直してみようと思う。この書きおろしは、三浦の短歌にもとづいて人生論、幸福論を書いて欲しいとの編集者の求め。そうとなれば自分でも充分納得のいく線にしたい。三浦、ちょっと驚いていたが、

「いいだろう。やり直しを恐れていては、よい仕事はできないものだと聞いた」

と、快く賛成し、かつ励ましてくれる。私にとっても、三十四年間つれ添ってきた三浦光世という人間を凝視するよい機会。私の小説にいつもあたたかい論評をくださっていた故水谷昭夫教授が、生前、

「ご主人は、あなたが思っているよりずっと大変な人ですよ」

と言っておられた。その言葉が、妙に頭にこびりついている。もしかしたら、私は夫の三浦光世なる人間を、本当にわかってはいないのではないか。そんな思いがしきりにする。水谷教授のその言葉は、三浦の若い時に作った詰め将棋を幾つか見て一驚したことによる。詰め将棋は、他の芸術作品同様、その人のセンスが問われるものだそうだ。先生は、三浦の詰め将棋を見て、幾日も興奮しておられたと聞く。私の見えないものを、先生は見ておられた。そう思うと、私は幾度でもこのエッセイを書き改めずにはいられないのだ。

○月○日

姪《めい》の律子、ロンドンより帰省。律子は姪の中でも率直で明るく、活動的ではあったが、まさかオーストラリアや、ロンドンに留学し、あっという間に国際結婚をするとは、思ってもみなかった。文学評論家の高野斗志美教授は、一年程律子の先生であったが、「小説を書ける人」と評してくださったことがあった。来月結婚式をロンドンで挙げるという話を聞いて、呆気《あつけ》にとられるばかり。何れにせよ、神との距離は日本においてもイギリスにおいても変わる筈《はず》はない。その信仰を持ちつづけることを祈る。それにしても、人種への偏見はなかなか拭《ぬぐ》いきれないもの。これまた祈って、神の導きを仰がざるべからず。

○月○日

聖日。高見沢潤子先生の伝道礼拝説教。人間に与えられている神の賜の大きさに、改めて感銘。先生の生き生きとした表情、張りのあるお声、自ずから滲《し》み出る精神的高さ、とても八十九歳とは思えぬみずみずしさ。身のこなしもきびきびとしていて、圧倒される思い。聖書の〈百歳でもなお若しと言われる日が来る〉との言葉を思い出す。夫君田河水泡先生にも、生前お目にかかりたかったと思う。

○月○日

札幌在住の衆議院議員伊東秀子氏、インタビューに。トップ当選を果たした人とも思われぬ謙遜な人なり。その著書によれば敗戦時満州（現在の中国東北部）にあったとか。父なる人は憲兵隊長で消息を絶ち、十余年に及んだとも。氏の著書『めぐりくる季節』には、次のような記述あり。

〈満州での暮しは、中国人を使い、食べものなどすべての物資に何不自由のない特権階級であったらしい。しかし、母は当時から、「他国に入りこんで戦争をし、こんな生活が長く続くのはおかしい。早く戦争が終ればいい」と考えていたという〉

人間なかなかそうは言えぬもの、いや思っていても言えぬもの。親が子供に残すべき言葉は、このように質の高い、きらめくような言葉でありたい。

〇月〇日

昨夜二回、自分で布団を押し上げ、床から脱け出し、トイレに立ち、かつ自力で布団の中に戻る。毎夜このようになれたら……。

# 旧宅解体

○月○日

鶴間良一氏の訃《ふ》を聞く。いきなり誰かにうしろから押されて、よろけたような思い。結核療養中からの、四十年来の友人。当時同病者、そして『アララギ』誌の歌友。そしてまた、寝たっきりの私の仕事、のれん製作の当時、夫人は大きな協力者の一人であった。

古い友人知人が、こうして一人一人死んで行くのは淋しい。人間に死が入ってこなかったとしたら、このような死別の悲しみはなかったということであろうか。

○月○日

快晴。今年の秋の旭川では、特筆すべき日和《ひより》なり。思い立って、元スタッフの小野ふじ枝さんの誕生日の祝いを、二日早いが持って行くことにする。そして前々からもう一度あの美しい北美瑛《きたびえい》の丘に、連れ立って行きたいとの願いを実行することにして、八柳洋子秘書と、小西和子さんをタクシーに乗せ、四人で午後一時出発。文化の日の翌日ながら、ポプラの黄葉、落葉松の金色、陽《ひ》に映えてまだまだ美し。丘に着いて車を下りると、冠雪した大雪山、十勝連峰が正にパノラマの如く目に迫る。秋蒔《ま》き小麦の緑も鮮やか。時々、農家の庭に見事に色の澄んだ紅葉を見る。わが家のそれと同じく、春初めから紅い葉の楓ならん。終始緑をおびない木もあるということ、いと不思議なり。とにかく、四人大いに満足して三時帰宅。わが家から車で僅《わず》か三、四十分の所に、かかる展望を見られることも、大いなる恵みの一つ。

○月○日

以前わが家の事務を手伝ってくれた阿部純子さん、結婚して仲屋純子さんとなり、ご夫婦で挨拶に見える。ご夫君は歯科医師とのこと。表情の柔らかく穏やかな人。心から祝福す。

○月○日

遂に初雪。遅い初雪なり。一日時々降る。聖日にて礼拝後、約束の面会を果たす。札幌から喜多敏江さん、旭川近郊から長谷川智子さん、そしてアメリカ留学中の金子絵美さんと僅かな時間を礼拝室にて語り合う。遠くから近くから、私如き者に会いに来てくださること、畏れざるべからず。

午後二時より、めぐみ教会の元牧師館解体式に三浦と共に出席。教会員並びに来会者合わせて三十人余り。その前で、二人でスピーチ。

この牧師館は元私たちの住居であった。ここで雑貨店を営み、一千万円懸賞小説『氷点』が生まれ、つづいて『塩狩峠』『ひつじが丘』『道ありき』『積木の箱』等々、文筆活動に入って初期の主要作品を書いたのだ。十年程住んだあと、私たちはこの家をOMF宣教団体のフェニホフ先生ご夫妻の伝道のために捧《ささ》げ、近所に別に家を建てて住んだ。そしてこの旧宅は伝道所となり、牧師館となった。幾人もの宣教師先生や、日本人牧師が住み、よい働きをされて新教会堂も建った。この私たちの旧宅は、既に老朽化して、この度解体の運びとなった。今日その会に、私たちはこの家にまつわるエピソードなどを話して、神の恵みを幾何《いくばく》か証しさせて頂いたのだ。

ところが式が終わって、幾人かの来会者が私たちの家に立ち寄った。熱いお茶でも飲んで散会ということなのかと思っていたら、話は思わぬ方向に向かった。たった今解体式の祈りを捧げてきたばかりなのに、話は存続のほうに流れ始めている。耳が遠くて聞き取るのが困難な私には、よくわからぬままに話が進む。疲労甚だし。主よ御旨を成らせ給え。

〇月〇日

昨夜は珍しくトイレに二回しか起きず。先日、信者であり私の読者から手紙があり、「寝際に深呼吸をすると体が暖まり、よく眠れて、トイレに起きる回数が少なくなります」と書いてきてくださった。三浦がしきりにそれを試すよう勧めるので、従ってみた。そのためか二回ですんだことはありがたかった。よき勧め、よき方法は、すべからく試してみること、かつ実行すること。

〇月〇日

夜、三浦、疲れを押して三時間夜業。毎日配達される手紙をその日のうちに処理しなければ、たちまち手紙の山となる。

「大変ねえ、疲れているのに」

「いや、見も知らぬ私たちにしか聞いてもらえぬ人たちのほうが、尚のこと大変だよ」

細かい字でぎっしりと書きこまれた便箋《びんせん》を、虫眼鏡で読んでいる三浦に、言葉なし。

〇月〇日

十一月中旬というのに実に暖かし。二階の六畳間は午後陽がさして二十九度、汗ばむほどだ。雪を知らぬ土地に生まれ育つ人と、私たち北国の人間とにくださる神の恵みは、全くちがうものだろうか。すべてが公平に恵まれているような気がしてならないのだが、住みやすいということと、幸福ということとは次元のちがうことのように思われてならぬ。

○月○日

十字式治療師の高橋博先生より聞いた話。猫にも円形脱毛症があるそうな。また、馬の集団拒食症もあった由。〈万物は今に至るまで呻《うめ》いている〉という意味の聖句を思う。聖書の言葉は実に真実だ。恐ろしいほどに真実だ。聖書を軽んずるべからず。

○月○日

昨夜もトイレに二回起きしのみ。二回とは言え、熟睡中ゆり起こされる三浦の辛さはいかばかりか。

「眠っているところを、ほんとうにごめんね。ゆるしてね」と言う私に、

「なあに、私自身がどこか痛くて起きるわけではない。起こす綾子のほうが、ずっと苦しいことなんだ。私も膀胱《ぼうこう》結核の時、どれほど母を起こしたことか。痛みで横臥《おうが》できない私

を、兄はうしろから抱いて支えになってくれていた。トイレに起こされることくらい、オンの字だよ。〈健やかなる時も、病める時も、汝妻を愛する〉こと」

ありがたくて答える言葉を知らず。

○月○日

東京在住の詩人N子さんより電話あり。私たちの旧宅解体の新聞記事に大いに驚き、急遽《きゆうきよ》建設大臣と北海道知事に抗議のファックスを送ったところ、折り返し知事より保存に変更された記事のコピーが送られてきて安心せしとか、こちらが大いに驚く。フェニホフ先生の宣教団体に捧げた時、こんな騒ぎになるとは夢にも思わなかった。何れにせよ只々《ただただ》キリストの聖名が証しされますように。


午後、喫茶チェリーに、教え子の中西亮一君の版画展を見に行く。壁に貼《は》られた数々の作品に心打たれる。定年に近い年齢ながら、多忙の生活の中で、かかる作品を生み出している姿勢に拍手。亮ちゃん、大いに喜び、帰りには私の手を取り、買物通り公園を二百メートル程送ってくれる。教え子と三浦に挟まれて、大いに幸せなり。

「ところで亮ちゃん、わたし、あなたの通知箋に、図画の点は何を上げましたか？」

「〈可〉ですよ。優良可の可、一番ビリケツですよ、先生」

彼は愉快そうに笑った。ああ何たることか。これほどの才能を、引き出すことも見いだすことも出来なかった私、何と暗愚なりしことか。採点のむずかしさをつくづくと思う。

〇月〇日

くもり。今日も雪なくて穏やかな一日。三浦の受洗記念日。四十四年前の今日、六、七キロメートルもの遠い雪道を、自転車のペダルを踏み、三浦は何を考えつつ、教会へ辿《たど》り着いたのだろうか。健悦兄《あに》が母を荷台に乗せ、同じくペダルを踏んで行くのが速くて、膀胱結核の三浦は蹤《つ》いて行くのが苦しかったという。何か「受洗の朝」とでも題する一幅の名画にでもなりそうな、ひたすらなものを私は感ずる。ともあれ、結核を癒してくださり、魂をお救いくださったキリストの恵みの大きさを、今更のように感謝。

夕刻六時、花月会館へ。荒井和子先生の旭川市文化賞受賞並びに、自伝『焦らず、挫《くじ》けず、迷わず』の出版記念祝賀会に。参会者多数にて堂に満つ。アイヌ民族の一人として生まれ育った先生への祝辞を、一番目に指名されて述べる。

私と先生の出会いは劇的であった。『氷点』を書いて間もなく、私はアイヌの人の取材に、先生を訪ねた。彼女が小学校の教師であることぐらいの知識しか、私にはなかった。訪れるや否や、彼女はきっぱりと取材を拒絶した。

「テレビでも新聞でも、いろいろと取材に来ますが、私たちのことを本当に理解して取材される方は少ないのです。取材には応じられません」

会っていきなりの厳しい拒絶に、とりつく島のないのを私は感じた。彼女は玄関に立って、例をあげて、いかに非礼な扱いを受けたかを語った。一語一語が、矢のように私の心に刺さった。痛かった。私は素直にうなずきうなずき話を聞いた。それから何がどうなったか、記憶にないが、いつの間にか茶の間に通され、二人で抱き合って泣いていた。あれから三十年近い年月が過ぎた。

そんな思い出を祝辞で話しながら、また涙が出た。おそらく今日の日も、生涯忘れ得ぬ日となるであろう。

## 反戦軍歌

○月○日

午後、旅行中のA子さん来宅。昨日教会で礼拝後面会したのだが、もう少し話を聞いて欲しいとのこと。そのために時間を割く。

昨日、他の二人の女性と共に会って話し合った時は、このA子さんは一番若く、何の問題もない恵まれた学生に見えた。

ところが今日話を聞いておどろく。彼女は既に高校時代自殺未遂を体験していた。話を聞きながら、人間を苦しめるそのほとんどは、一つ屋根の下に暮らしている者であることを改めて思う。聖書にも、

〈人の仇はその家の者なるべし〉

とあるとおりだ。それにしても、人間は何と人間を見ることができないものだろう。A子さんの話を聞かなければ、私たち夫婦は彼女をいいご身分の一旅行者として、すぐに忘れ去ったことだろう。人間は、彼女のように若く、愛らしい顔をしていても、死をさえね

がって生きている場合もあるのだ。喚《わめ》きたくても喚かずに生きていることがあるのだ。その心の底を見ることもできないのに、私たちはかなり大胆に他者の心を類推して毎日を生きている。

一応のアドバイスとして、とにもかくにもキリストを仰ぐこと、希望を失わぬことを勧めて帰らせる。

○月○日

夜、東京のファンより電話。

「聖書を読んだが、全然わからない。教会もどこへ行ったらよいかわからない」とのこと。例によって末瀬昌和氏に相談するよう返事。『信徒の友』編集という大仕事をしている末瀬さんには、時間を取ることなので気の毒だが、教会の事情に明るく、判断も的確なので、安心してこの度も彼を紹介する。その電話の主は、只教会を紹介して欲しいと言ってきたのだが、どんな重荷を負っていることか、昨日のA子さんとダブって心にかかる。

○月○日

三浦、朝から疲労困憊《ひろうこんぱい》の色強し。洋子秘書に血圧を測ってもらったところ、上が七六。

これでは疲れる筈《はず》。夜幾度もトイレに立つ私の世話のため、三浦はさぞ神経を張りつめているのだろう。申し訳なし。

○月○日

朝十時十五分、突然野田市朗先生ご来宅。旭川空港から、道東のサロマ伝道への途次お寄りくださり、私の健康のために祈ってくださる。川崎市にあって、毎日早朝四時までには、必ずお祈りくださるとのこと、かたじけなし。あわただしい旅の途中、病人を見舞うことなど、わずらわしい限り。私なら素通りするにちがいない。先生の今日の十分間を貴重なものと深く感謝。

○月○日

三浦、夜、市内の永山福音キリスト教会創立十五周年記念講演に。題して「人生の苦難と希望」。十一月下旬にしては雪もなく暖かく、恵まれた天気であった。三浦、近頃とみに講演に招かれる。祈り深いその一語一語が、人々の感動を誘うのであろう。感謝。

○月○日

聖日。朝、珍しく一人で身仕度。かなり急いだつもりだが、礼拝に三分遅刻。礼拝中不意に便意に襲われ、急遽タクシーで帰宅。辛うじて粗相をまぬがる。どこのトイレにでも自由に入れる体になれるとよいのだが、時により、こんな仕儀となる。焦るべからず。

○月○日

雪、時に吹雪。

「いよいよ根雪か」「遂に冬の到来だな」と、幾度も三浦言う。ふっと、新婚の年の初めて迎えた冬の頃を思う。あの頃三浦は積もった雪を見ては、

「もう一度、土が顔をみせてくれないかな」

と、しきりに言ったものだ。体調を崩して欠勤をつづけていた三浦が、そんなことを言う度に私は、

(もしかしたら、春を待たずに死ぬのではないか)

と不安でならなかったものだ。あれから三十四年、三浦も元気になったもの。若々しく、少年の背中のような張りのある皮膚をしている。主に守られての長い年月を改めて感謝。

○月○日

小説『銃口』を書き上げてから、時々三浦は軍歌「戦友」を歌う。今日も三百メートル程離れた歯科医に一人で出かけて行く時、三浦はふざけて、

……………

それでは行くよと別れたが

永の別れとなったのか

と歌いながら、握手して出て行った。冗談事のようだが、人間いつ、どこで、どんな別れとなるかわからない。それにしても、本当にこの歌の文句のように、永の別れとなってしまった当時の兵士たちのことを思うと、胸が痛くなる。再びあのような無謀な戦争に駆り立てられることのないように、祈らずにはいられない。この軍歌「戦友」は、当時軍隊でも歌わせなかった反戦軍歌なり。

○月○日

集英社より重役の川口俊夫氏と編集者南成子《しげこ》氏来宅。『風はいずこより』の文庫版出版挨拶《あいさつ》に。次に何か文庫に組み入れる作品はないかと問われて、『ちいろば先生物語』を検討していただくことにする。

川口氏は初めて会った頃は若い青年であったが、今や押しも押されもせぬ経営陣の一人。

思えばあれから二十余年。私も小説を書き始めて、来年で三十年になる。早いものだ。とどめようもない月日の流れの早さに、ふと不気味さを感ずる。「神よ、時とは何ですか」。〈泣くに時あり、笑うに時あり、すべてに時あり〉時は神の恵みなのだ。もし、今日《こんにち》只今、時が停止してしまったとしたら、いったい人間はどういうことになるのか。

○月○日

年賀状二千枚印刷出来。去年は洋子秘書が交通事故に遭って大変だったが、今年はどうやら無事で、年賀状も安心。

朝、昨夜降り積もった雪を、誰かがきれいに掻《か》き寄せてくれたのを、三浦が気づいて言う。誰かは知らぬが、親切なご仁がいるものなり。北国の冬は雪との格闘でもある。一度にどっと降られては、老人や体の弱い者には脅威。体力の要る雪掻きを黙ってしてくれた人、そんな天使のような人は誰だろう。

○月○日

今朝もまた、朝早く雪掻きしてくれた人あり。お向かいのご主人か。裏の奥さんか。電話をかけてみたが、見かけぬ若い男の人が、車でやって来て除雪をしていたとのこと。悪いことを疑うのとちがって、親切な人をあれこれ思いめぐらすのは、気持ちのよいものだ。自分の家の除雪だけでも大変であろうに、とにかく親切なことだ。

## 危篤説

○月○日

いよいよ師走。西村久蔵先生のご長男洋平氏の訃《ふ》を聞く。体格のいい元気な人が、六十歳そこそこで召されたとは。久蔵先生は五十三歳だった。私の伝記小説『愛の鬼才』の主人公西村久蔵先生を父に持った洋平さんには、洋平さんの十字架があった。洋平さんが小学生の時、日本は戦争をしていた。担任の先生が言った。

「家に神棚のない者は手を上げろ」

洋平さんは元気よく手を上げた。何も悪いこととは思わなかった。先生は怒って、

「何日までに神棚を買ってもらえ」

と怒鳴った。またこんなこともあった。敗戦になり、家を失った引き揚げ者たちが引っきりなしに西村先生を頼って来た。先生は、

「宿を求める人を絶対に拒んではならぬ」

と言い、各部屋に幾人もの寄食の人を入れた。洋平さんには自分の部屋が与えられてい

たが、自分一人でいたことはほとんどなかった。いつも誰か彼かが共にいたと言っておられた。洋平さんの明るい笑顔を思いながら、ひどく淋《さび》しい気持ち。

○月○日

洋子秘書が交通事故に遭って満一年。もしあの日以来立つことも叶《かな》わぬ身となっていたとしたら……。思っただけでも胸の痛むこと。今の現実を感謝しなければならず。

○月○日

熊が比布《ぴっぷ》（旭川から十七、八キロ北寄りの地）の住宅街に現れたとのニュースを新聞に見る。幼稚園児のバスに近づいたり、住宅のガラスを叩《たた》き壊したり、障子を破ったり、玄関先に顔を出した老人に顔を向けたり……ということで住民はパニックに陥ったとか。現れて一時間半後、熊は射殺されて一件落着。熊は道に迷っただけなのだ。ガラス戸は打ち破ったとしても、人を傷つけたわけでもなし。思えば哀れなり。旧約聖書の預言には、猛獣と幼子《おさなご》が共にたわむれ合う日が来ると書かれてある。が、現在の地上は、人間そのものがお互いに殺し合っている。先ず人間同士が殺し合うことをやめない限り、その日は来ないのであろう。

〈主よ御国を来らせ給え〉

○月○日

夕食に納豆。三浦が昔つくった俳句、〈納豆の大どんぶりや兄弟《あにおとと》〉を思い出す。好きな句だ。

○月○日

本日感銘した言葉。

〈真理を語る言葉には常に装飾がない。そして単純である〉マルゼルブ

聞いたことのない名前だが、二百年も前のフランスの政治家とか。この言葉がその口から出るまでに、どんな生活があったのであろう。確かな足取りで誠実に生きていた人の言葉であると、私は思う。

○月○日

聖日。少しく風邪気味。三浦一人で教会へ。別々に行動することの少ない故か、ひどく淋しく感ずる。三浦のいないことに馴《な》れることなど、想像もできず。

松本秀子さんより電話。今朝、明け方に私の夢を見たと言う。私は天女の衣を着、軽やかに中空を舞っていた。秀子さんが私を見上げ、自分も天女の衣を着て空に昇りたいと言う。「いらっしゃいよ」と私が言うと、彼女はいつの間にか天女の衣を着て、地上を駆けていた。が、駆けても駆けても飛び上がれず。

「どうして、わたし飛び上がれないのか」

彼女は嘆く。

「体重が多過ぎるのよ」

私がこともなげに言うと、彼女はにっこりして、

「ああそうか、そういうことよね」と、たやすく諦《あきら》める。そんな夢だったとか。私の体重は三十八キロなのだ。彼女は五十八キロだ。その彼女を私は羨《うらや》ましいと思う。

○月○日

夕刻美唄《びばい》労災病院より主治医伊藤和則医師往診に。

「この病気は現状を維持できれば最高。にもかかわらず綾子さんの場合、それ以上に好転している。誤診かと思うほど」

そのお言葉に飛び上がるほどうれし。多くの人の、切なる陰の祈りを思う。

○月○日

午後二時半、新潟の敬和学園校長、榎本栄次先生来宅。四時半まで歓談。名著『川は曲りながらも』が、北海道推薦図書二百冊の中に選ばれていたことをお知らせする。すべての教育者に読んで欲しい一冊と、改めて思う。先生はいつも、「ぼくのようなつまらぬ者が、……」「悪い者が……」と、自分の至らなさを先ず言い立てる。その姿勢が人の心を打つのであろう。敬和学園の生徒の一割は年々受洗するとか。

○月○日

太平洋戦争開戦の日なり。当時は大東亜戦争と言った。かの日、ラジオニュースに心躍らせたこと昨日の如し。戦争に聖戦などある筈《はず》はないのに、聖戦と信じて疑わなかった無知を顧みて、慚愧《ざんき》の至りなり。

朝から、私たちの旧宅の解体始まる。

夕刻、相沢羊子嬢十年ぶりに来訪。相変わらず明るく、かつ成長著し。手まき寿司を大いに喜んでくれる。そのあと、三浦と交互に歌唱。三浦が歌う度に激賞してくれる。大島の相沢良一先生に招かれ、二十余日食事療法の指導を受けた時、一つ屋根の下に同居させて頂いたのであった。まことに懐かし。

彼女の帰ったあと、三浦九時から十一時まで夜業。

〇月〇日

朝、教会へ行こうとして靴を履いた途端、危うくうしろに転倒しかける。傍にいた三浦、機敏に支えてくれて大事に至らずにすむ。だが、夕食後思わぬハプニング。

入浴後、一人居間のチェアーにじっと座っていた。三浦が言った。

「わたしが風呂《ふろ》から出るまで、ここから絶対動くなよ」

三浦は子供にでも念を押すように、浴室に戻った。私はうなずいたが、粉ミルクを飲みたくなり、台所へ立って行き、引き出しからスプーンを取ろうとした途端、どうしたわけか体の均衡を失い、うしろに倒れていった。

床に倒れてふと目を開いて驚いた。何と頭の上には台所のテーブルの裏が見える。私の叫び声を聞き、三浦隣の浴室からあわてて飛んで来る。そして、テーブルの下に倒れている私を助け起こしてくれた。どうしてこんな所に、上を向いて倒れたのか、自分ではどうしてもわからない。四角いテーブルには四本の脚があり、更に四脚の椅子《いす》にはそれぞれ四本の脚がある。この脚のどれにも当たらず、体のどこも打つことなく、まるで空気か液体のように、テーブルの下に長々と倒れていたのだ。一体どういうことか。奇跡とより言い様なし。二人で神に感謝。

○月○日

夕刻、東京在住の井手桂子さんの三男靖《やすし》君より電話。桂子さんの訃を聞く。昨夜ベッドより落ち、頭を打って亡くなられた由。私のために代わってくださったような気がしてならず。彼女がキリストに導いた人の数、実に多し。来年は旭川を訪ねると、楽しみにしておられたのに、残念でならず。ともあれキリストに縋《すが》りついていた半生を思い、遺族への慰めを切に祈る。

○月○日

第二弾のテープとCD「神共にいまして」が出来てくる。この度は、入手し易いように定価をつけて欲しいとの声もあり、テープ二五〇〇円、CD二八〇〇円とする。三浦しきりに、おこがましい限りと言う。第一作がかなり伝道に使われたことを思い、この第二作も同様に用いられることを祈る。

○月○日

昨夜三回トイレに起きる。いつもはたいてい、その度に三浦に布団を剝《は》いでもらうのだが、昨夜は二回自力で布団から這《は》い出し、トイレに。三浦気づかずに眠っている。床に戻った私に気づいて横臥《おうが》させてくれる。ありがたし。

十二月下旬前というのに、既に積雪九十四センチの報。

○月○日

マイナス十七度。今冬最低の気温。

寒い中を元スタッフの小野ふじ枝さん老人ホーム太陽園より来訪。わが家の子供クリスマスのために、手作りの小箱や袋など、百名分例年の如く届けてくださる。一年間、毎日のように時間を割《さ》いて作ってくださったもの。大感謝。いつ見ても若く、七十を過ぎた人とは見えず。

ふじ枝さんの帰ったあと、島崎京子さんも子供クリスマス・プレゼント、百名分お届けくださる。島崎さん、後藤憲太郎さん、阿部直枝さん、沼田進さん、わが家のスタッフ等々、今年も子供たちへの愛の捧《ささ》げ物を多くの方から頂く。感謝。

○月○日

朝、猛吹雪。こんな吹雪を、一生に一度も見ずに終わる人もある。三浦の俳句、〈枯葦に吾に吹雪の止む間なし〉を思う。

午後、北海道新聞の元井麻里子記者、CD発行の取材に。まだ高校生にも見えるが、優秀な女性記者。

○月○日

クリスマス。人の出入り多く、一日多忙。口述の仕事も、いつもより多くできる。忙しかろうと忙しくなかろうと、主イエス生まれ給うた事実に感謝尽きず。

○月○日

わが家の子供クリスマス。第三十四回なり。結婚の翌年から今日まで、一度も休まずに子供クリスマスをつづけさせて頂いた。何と感謝なことだろう。今更のように、この子供クリスマスが、私たちに対する神からのプレゼントであることに気がつく。今年も二十人からの協力者。そして百名を超える可愛《かわい》い子供たち。深い深い慰めを感ずる。三浦は今年もサンタ役。司会の三上真希子、子供たちにサンタクロースへの質問を促すと、パラパラ

と手が上がり、

「サンタの小父さんは何歳ですか？」

「サンタさんは何国人ですか？」

「どうして赤い服を着るのですか？」

との質問。三浦、次々に即答。

「わしは永遠の命に入っているのでのう。年がないのじゃ」

「わしはな何国人でもない。天国人じゃ。聖書にも、私たちの国籍は天にあると書いてあるとおりでな」

「赤い服はな、イエスさまがすべての人の罪のために、代わって十字架にかかり、血を流してくださった。その血を忘れんように赤い服を着るのじゃ」

なかなか巧みな答えに、大人たちも引き入れられて、

「あら、サンタさんの赤い服は、そういうことだったんですか」と驚く人も。

二時から始まって四時まで。おだやかな天候にも恵まれ、無事に終わる。長崎から札幌へ国内留学中の活水女子短大上出恵子教授見学に、また朝日新聞旭川支局の岡田和彦記者は取材に。

第二部は協力者たちとの交流パーティー。夕食を共にこれまた楽しいひと時。以前は十

一時か十二時までも会を持ったが、私の病気のため、皆さん夜九時に散会。感謝感謝。静かになったところで、三浦夜業を始め、十二時に至る。これまた感謝。

○月○日

いよいよ年の瀬押し詰まる。

村田和子さんより電話。「綾子さんの危篤説が流れているのですが……」とのこと。どこからどう間違って流れていったのか、新聞社が村田さんに聞いていったらしい。事実その日も早晩来るのであろうが、今はまだ……。人間、すべてに時あり。死ぬに時あり。

# 第四章　二本の足で立つことの喜び

# 穏やかは身の薬

○月○日

また新しい年を迎えることができた。若い頃は新年に当たって、いささかの緊張があったものだ。(今年は日記を一年つけ通す)とか、(風邪の予防に乾布摩擦を毎日つづけよう)とか、まじめに考えたものだった。

昨日の年越しの食器が洗われぬまま、流しに一杯になっている。昨日、大晦日《おおみそか》だというのに、洋子秘書が午後出勤して、キッチンも茶の間もきれいに片づけてくれた。にもかかわらず何たることとか。

そう思っている所に村田和子さんが年始に来て、家の中を一瞥《いちべつ》、直ちにエプロンをかけ、台所に立って洗い物を始め、元旦《がんたん》の昼食を用意してくださる。一時半、ご夫君の義生氏来宅、共に帰り行かれる。

前後して村田隆三氏、弟秀夫夫妻年始に。みんなが帰ってふと思う。私が生まれてこの方今日まで接して来た多くの人のことを。一番先に私の頭を撫《な》でた人は誰か、一番先に手を取って歩かせてくれた人は誰か、一番先に字を教えてくれた人は誰か、その一場面一場面を記憶していたら、どんなに楽しいことか。私に「綾子よ」と一番先に声をかけてくださったのは、キリストの父なる神であろうが、今年も多くの人の力を藉《か》りて生きていかねばならぬ。

〇月〇日

昨日の元旦は、三浦ゲラ直しや手紙の整理にビッシリ働く。が、私は年賀状にも手が届かず。せめて賀状をくださった一人一人のために、一言でも祈ることができたなら、意義ある内容の仕事となろうに。

昨夜三浦のみ入浴。体重四十九キロ。痩《や》せたりと雖《いえど》も、仕事はバリバリ。入浴の前後に『信徒の友』の選歌に没頭。偉い人なり。私は折々テレビのチャンネルを回すだけ。パーキンソン病は意欲を失うと聞いたが、全く何をする気も起こらず。と言ってそう憂鬱《ゆううつ》にもあらず。今日という一日が、自分の一生にあってもなくてもいい日にしてしまわぬよう、もっと感動的にありたいもの。私が生きるのは、誰が生きるのでもない、この私自身が生きるのだ。

「主よ、われを強め給え」

夜、三浦の兄の家に年始に。例年は元日の夜だが、今年は向こうの都合で今日二日の夜。新年毎に親戚《しんせき》の者が同じ場所に同じ顔を合わせるのは、年を重ねれば重ねるほど、何か大切なものを積み重ねているような楽しさを感ずる。〈はらから睦《むつ》みて共にあるは楽しきかな〉聖書の言葉のとおりなり。

片道タクシーで二十五分。乗り降りに足がすくみ勝ち。正しく難病なり。ともあれ外出し得たことを感謝。

○月○日

三浦、首曲がらぬ程に肩凝り。新年早々過労なる故か、あるいは大病がひそみいる故か。

○月○日

夜、テレビで「寅さん」映画。寅さんになぜ心惹《ひ》かれるのか。それは、人間を見るのにあたたかいまなざしを向けているからではないか。寅さんは、どんな人にも冷たい目を向けない。だから寅さんには圧迫感がない。安心して笑っていられる。笑うことも人間には実に大事なこと。パーキンソン病の最上の薬は、リラックスすることと聞く。

見終わって、肩の軽くなる思い。旧約聖書の箴言《しんげん》にも、

〈穏やかは身の薬〉

〈憂いは骨を腐らす〉とあり。

○月○日

午後、ファンの婦人より電話。三浦応対。終わって私にその内容を伝えてくれる。

「彼女の家は小さな店を営んでいるそうだ。『使用人が段々悪くなって困るけど、先生の所は如何《いかが》ですか』と聞くので、私たちの秘書は二十一年いよいよ誠実で助かっています。また食事担当者も十年以上の勤務となり、いつもよい味を作るのに、努力してくれています」

と答えたとか。私たち夫婦は幸せだ。世の中労使関係がうまくいかず、悩んでいる所も多いようだ。いや、労使関係のみならず、人間関係で悩んでいる人が多い。夫婦、親子、嫁姑《しゆうとめ》、師弟関係など、どれを取ってみても、有史以来、皆悩んできたところ。私たち夫婦は人一倍体が弱いので、神は特に忍耐強い協力者を備えてくださったのであろう。使われているほうから言えば、言うに言えない辛抱をしているにちがいない。神に、そしてまた人に感謝せざるべからず。

○月○日

本日、今年初めての口述筆記。僅《わず》かに一枚のみ。文章というものは、やはり自分の手でペンを持ち、姿勢を正して原稿用紙に向かうべきものなのか。それとも、口から出た言葉を他者のペンを通して書かしめて、それはそれでよいものなのか。定まった意見などある筈《はず》はないと思うが、口述筆記は二人の体調と心が合わねばならないことは確か。聖書はかなり口述された章が多いと聞く。そこには大いなる祈りが伴っていたことであろう。

○月○日

藤田雄三氏よりのお手紙。氏のお便りは、いつも私たち夫婦の心に沁《し》み通ってくるものがある。それは友情か、はたまた謙遜《けんそん》か。この人の文章にはみじんの驕《おご》りもない。目線がちがうのだ。自分をどこにおいて人を見るか、それが決まっているのだ。何とも言えない優しい言いまわしに、平安な思いを与えられる。一方私は、そこに藤田さんの毅然《きぜん》とした人間としての姿勢を見る思いがする。今日の手紙は、私たちが贈った三浦のＣＤへのお礼のお便りだ。涙を流しながら聞いたとのお言葉、こんなにも素直に、こんなにも自然に涙を流す……美しい心の人だと思う。手紙を朗読する三浦も涙をこぼす。幸せな三浦だ。

本日口述。『信徒の友』への十枚のうちの八枚なり。

○月○日

自分の子供に「悪魔」と名づけた人ありとの記事を見る。わが子を呼ぶ度に「悪魔」「悪魔」と呼ぶ姿はやはり馴染《なじ》めない。

「あっ！　悪魔が来た」「あいつ悪魔だぞ」

などと言う子供たちの会話も、容易に想像できる。朝目が覚めてから、夜寝るまでに、「悪魔」と呼ぶ声が幾十度この子に聞こえてくることか。

私は小説『積木の箱』に、乱子という少女を登場させた。それを読んだ一人の男性が、

「どこの世界にわが子に乱子などという名前をつける親がいるか。もうあなたの小説はいっさい読まない」

と怒って来た。が、私が小学生時代、乱子という名を聞いたことがあった。日本のどこかに一人ぐらい、乱子という名の女性がいるような気がしてならなかった。ところがその後十年程経って、乱子という女性が現れた。美しく明朗な人だ。この「乱」には「統《す》べ治める」意味があるとか、特に不況の時に強く生きるという意味もあると聞いた。

「悪魔君」の親たちにも、親としての強い願いがあってのことなのであろう。何《いず》れにせよその子が生涯幸せであって欲しいとつくづく思う。

○月○日

本日より早勢英子氏の温灸《おんきゅう》を週に三回おせわになることとなる。北海道博覧会のミス・コンテストに出て二位になったことがあるとか。美しき人なり。「ありがとうございます」との言葉が他の人より多く出る人で、何か楽しそうな人だ。北海道新聞社の重役平忠昭氏は、鍼灸《しんきゅう》でパーキンソン病が治ったと、つい先日年賀状に書いて来られた。三浦は早速私に強く勧めてくれて、村田和子さんの紹介で、早勢さんに来て頂くことになった。自分がまだこの病気にならない時、人に勧めたことがあったが、この方法を努めて自分も受けてみよう。

○月○日

昼食中、継ぎ歯が落ちる。早速三浦の附き添いで近くの北野歯科に行く。僅か四、五百メートルの距離だが、タクシーに乗って行く。雪道はもはや私には道路ではなくなった。雪道でころんで、手足を折る人も多いとのこと。いたしかたなし。三浦、どこへ行くにも附き添ってくれてありがたし。夜は夜でトイレに起こしてくれるし、三浦は休む暇なし。

〇月〇日

教え子の宮田靜二君よりのお年玉つき年賀状、二等賞に当たっているとのこと秘書が見つけてくれる。二等賞はいい賞品と聞いて、差し出し人の宮田君に進呈することに決める。何だか教え子を代表して、宮田君から賞状を頂いたようなうれしさ。教え子、教え子と気安く言って来たが、彼らのクラスは、年が明ければ六十歳なのだ。電話をすると、すぐに喜んで来てくれる。喜びが倍になった感じ。

〇月〇日

小説『銃口』いよいよ来月出版の運びとなる。そのための「あとがき」を数枚口述。実に多くの人の協力と、祈りのあったことを改めて思う。

〇月〇日

本日マイナス二十度。二月に入れば冬のきびしさもやわらいでくる。もう少しの辛抱だが、このきびしさが北国に住む者の忍耐心を養っていることは必然。

〇月〇日

婚約記念日。そのことを昼食近くなって気づく。こんなことは結婚三十五年にして初めてなり。気づいて二人で喜ぶ。

## 難病回復の兆し!?

○月○日

本日の夕食は馬鈴薯飯《いもめし》に若布《わかめ》のみそ汁、そして卵焼き。戦時中のいも飯を思い出す。いも飯であった頃はまだよかったが、次第にいも雑炊や南瓜《かぼちゃ》雑炊になっていった。卵焼きなどは滅多に口に入らなかった。今は食糧の豊かな時代。さてこの豊かさ、果たしていつまでつづくことぞ。世界には飢餓にさらされている人たちが何万も何十万もいるという。

〈われらに日毎の糧を日毎に与え給え〉

○月○日

三浦『信徒の友』四月号の選歌終わる。いつもより早し。頼まれて今月も読み合わせ。三浦が投稿者の歌稿を読み、私が三浦の原稿に目を走らせる。三浦の選歌の原稿ははなはだ読みやすい字なり。短歌は一字一句まちがっても致命傷となることあり。細心の注意を払っての浄書を、毎回感じないではいられない。選歌から浄書、そして批評まで、かなりの時間を要する。私のこの「生かされてある日々」の十枚の原稿より、何倍も時間がかかる。そんなことを思いながら、緊張して三浦の声に耳を傾ける。いい短歌多し。特に次の二首、共に夕暮れを詠んで心に沁みるものあり。

「夕暮に光あり」とふ賀状受く希望《のぞみ》湧きたり老人ホームに　広瀬ふくたさん作

アウシュビッツの處刑台の上にさす夕陽半世紀前と同じ夕陽か　青柳福子さん作

○月○日

朝、自力で寝床からトイレに行く。ありがたし。ありがたし。

夕刻、美唄《びばい》労災病院神経内科の伊藤和則医長、佐藤療法士と共に往診に。高速道路を一時間以上も車を走らせて来てくださるのだ。私のパーキンソン病、明らかに回復の兆しありとのこと。〈必ずや待ち望め〉の聖句を思う。

○月○日

夜、テレビのスイッチを入れたら、山本陽子さんの顔が映る。十数年前、私の小説『天北原野』のテレビドラマで、ヒロイン役を演じてくれた山本さん、実にあでやかで美しい。芸域も広がった感じ。何れの道においても、成長進歩ということは大変なこと。人のしらざる苦労もどんなに多いことか。

○月○日

昨夜、足のしびれ、のどの渇き、そしてトイレへと、何と五回も三浦に介助を頼む。三浦、うとうとしたかと思ったら私に起こされる。折角ぐっすり眠ったと思ったら、また起こされる。その辛さは何と言うべきか。自分の生きていることが、すなわち他者の大きな負担となると思うと、只《ただ》吐息が出るのみ。

夕刻鳥取のファンより今日も電話。

「光世先生、綾子先生、簡単に死なれては困るのです」

その激励の電話、胸にジーンとくる。慰めの言葉、励ましの言葉というものは、どんな時も胸に沁みる。一人の頑張りは知れたもの。陰の祈りの大きさも併せて思う。

○月○日

私はなぜこんなにも食事に時間をかけてしまうのだろう。今日の夕食は二時間半もかかった。パーキンソン病で嚥下《えんげ》する力も減少しているとは言え、三浦に言われるとおり、少しでも意識的に食べることも必要なのであろう。天下国家を案ずるわけではない。わが身一つに、かくも浪費と思われる時間の使い方では、「生きるとは何か」などと、たいそうな口をきけたものではない。

○月○日

近く集英社より『ちいろば先生物語』の文庫版を出すこととなった。数年前『週刊朝日』誌に連載後、朝日新聞社より単行本、つづいて同社から文庫本が出た。文庫本は一冊としたため今までにない厚いものになった。今度の集英社版は上・下二冊となるので、ポケットに入れて歩くのに便利かも知れぬ。故榎本保郎牧師の伝記小説で、連載の時から反響もあった。再び大いに読まれ、キリストを知る者が一人でも多くあらんことを祈る。ところでこの解説者を誰におねがいしますかと、担当者に尋ねられて、考えた末、当地在住の文芸評論家高野斗志美旭大教授に依頼することに決める。高野教授は私の全作品を読んでおられ、キリスト者ではないが聖書にも通暁し、キリスト教への理解も深い。あらためて一冊読んでいただくことは、思っただけでも大変だが、とにかくおねがいしてみよう。

○月○日

小学生当時よりの親しい友、笹井郁《ささいいく》ちゃんより、ペン字の額をいただく。三浦絶讃して止まず。郁ちゃんは小さい頃から書道に優れていた。彼女と比較できる者は一人もなかった。三浦の賞讃の言葉に、自分がほめられたような気持ちになる。

この郁ちゃんには私の療養時代、大変おせわになった。ある時受診のため札幌へ行くことにしたが、私にはその金がなかった。男物の靴下を仕入れて、軒並みに売って歩いたことがあった。が、十軒に一軒も買ってくれたらよいほうで、体が疲れた。私は彼女の勤める銀行に行って、その旨を告げると、郁ちゃんはいとも気安くたちまち店内の行員に売り捌《さば》いてくれ、

「いつでもいいわよ、また来てね」

と、にっこり笑ったのだった。正に〈この小さき者になしたる〉親切であった。

○月○日

「建国記念の日」。以前は「紀元節」と言った。いつから「建国記念の日」になったのか、忘れて申し訳ないが、さてどんな建国がなされつつあるのか。

〈主よ御国を来らせ給え〉

○月○日

東京の大林達也・幸子夫妻より、「デコポン」と称するみかん送られてくる。初めて食べるこの果物、実に美味なり。頼まれ仲人を務めさせてもらっただけのことなのに、およそ二十年、変わらずに年々何かを送ってくださる。その真心うれし。

○月○日

雪。雪が次々と灰色の空から降ってくるのを見ていると、降る雪に何か心がありそうな感じがする。ある時は戸惑うように、ある時は何かを思索するように降ってくる。雪の降る度に思うことだが、なぜ雪は一度にどっと落ちてこないのか。そんな何でもないことが、妙に不思議でならず。

午後、北海道新聞社の合田一道氏来訪。今年は定年とのこと。俄《にわ》かに淋《さび》しくなる。合田さんとのつきあいは幾度か。小説『泥流地帯』を日曜版に連載以来のこと。取材準備の見事さに舌を巻いたのは幾度か。記者としての仕事を完璧《かんぺき》にやりながら、多くの著作をつづけられたことにも、いつも敬服させられてきた。惜しい人の定年なり。

○月○日

三浦、夜一人外出。原作『母』の舞台上演実行委員会の発会に、スピーチを頼まれて。十年以上も前から、私に小林多喜二の母を小説に書けと言い出したこと、その後の経過等々を話して来たと帰宅して私に告げる。多分要を得たスピーチであったことだろう。それにしてもまだ二月半ば、六月三日上演のために、早くも実行委員会を組織して、忙しい方々が時間を割き、運動を広めるという。原作者として恐れ多い次第。

○月○日

午後、札幌より姉百合子夫妻来宅。三浦、正に忙中の閑、義兄雄幸氏と碁を囲む。二転三転、幾度も大石が危機に瀕しつつ、遂に三浦忍びぬいて勝ちを得たとか。義兄曰《いわ》く。

「光世さんの今年を象徴しているかも知れませんよ」

その言葉のように、苦難を克服したいものだが……。

○月○日

夜、鹿児島の西はまこさんより問安の電話。

「旭川は雪と寒さで大変ですね。こちらはもう花が咲いています」

優しい言葉に、心ほのぼのとなる。気候が異なるということ、異なる土地に生きるということと、その違いに敏感でなければ出ない言葉。西はまこさんの住む地では、昨夏洪水があったというのに、思いやりの深い人なり。

〇月〇日

明日いよいよ弟秀夫の手術と聞いて案じていたが、都合により延期とのこと、ほっとする。先年、心臓にバイパスの手術を施し、今度は動脈瘤《どうみゃくりゅう》の手術を要するという。ともすれば不吉な予感に襲われ勝ちであったが、先ずは安心。しかし手術の延期である。決定的な解決ではない。何とか手術をせずにすむ方法はないものか。

# 自力でトイレに!

○月○日

待ちかねていた新刊『銃口』、小学館より送られてくる。連載半ばよりパーキンソン病という難病になりながら、よくも書き上げ得たものと思う。決して自分の力とは思えず。神の支えと導き、背後の多くの方の祈りのあったことを思って、あらためて感謝。ふと「『銃口』が永久につづきますように」と、手紙を寄せてくださったファンの言葉を思い出す。正しく皆さまのお陰。わけても三浦の忍耐と祈りを思う。感謝感謝。

○月○日

雪。三浦、夕食に卵どんぶりを作ってくれる。外に馬鈴薯の蒸し焼き。スタッフの一人が一応食事は用意して帰るのだが、テーブルに並べて、すぐに食べられるようにするのは、近頃三浦の仕事となった。先日、私がキッチンのテーブルの下に倒れたことがあって以来、三浦は私をキッチンに立たせようとはしない。ありがたき人なり。唯でさえ電話の応接

（秘書が帰ってからの）、手紙の処理、口述の筆記、私の介護等々、山のような仕事を抱えているのに、夕食のことまで一人でやるのだから、石のように肩や首が凝るのも無理はない。何とかもう少し私の体調が回復するとよいのだが。

○月○日

女学校同期生の宝田由和子さんより電話。同じく同期生山本英子《ひでこ》さんの訃報《ふほう》なり。意識不明五日ののちに召されたとか。英子さんは凄《すご》い人だった。喉頭癌《こうとうがん》の手術後、転移に怯《おび》えながらも、その自分を直視して、一日一日を大切に精一杯生きていた。同病の人たちへの手紙、電話による励ましを欠かさなかった。私も幾度彼女に力づけられたことか。書道の教室を開き、多くの弟子を教えながら、小説も書いた。なかなかの才能であった。地元のタウン誌に、幾度か小味のきいた短篇を発表し、死の近くにも『婦人公論』に詩を投稿し、入選したと聞いた。彼女は終始向上に努め、学ぶ姿勢を決して崩さなかった。

いろいろと慰めてくれた優しい声が、今も尚耳の底に残っている。ご主人と二人っきりの最近の生活は、淋しげではなかった。離れ住む子供に頼るという甘えがなかった。ご主人は三浦によく似た優しい人で、ある意味で彼女は誰よりも幸せに見えた。

小学校時代から、ひまわりのように明るく華やかであった。思い出は尽きない。

○月○日

町内会の回覧板に「落雪注意」の記事あり。今冬旭川では、屋根の雪の落下により死亡した人が二人もいるとか。雪の降らぬ地方では絶対にない事故なり。天から降って来る雪はふわふわと優しく軽いのに、屋根に積もると凶器ともなる。やはり人間の側の責任なり。人災なり。

○月○日

新刊『銃口』のサインに今日も忙し。パーキンソン病になって、字もすらすらと書けないが、縮んだ字でも人様は喜んでくださる。感謝して努力すること。

○月○日

山下孝吉先生の奥さまより電話。『銃口』贈本のお礼なり。山下先生は『銃口』の中で木下先生となって登場する。山下先生は、私のかつて勤めた炭鉱街の小学校の先輩で、実に優れた教師であった。日本中が戦争で暗い日々を送っている時、先生は一人悠々と生きているように見えた。例えば、当時その学校は、出勤時間が滅茶苦茶に早くて、五時にはもう学校に行っていた。が、一人山下先生は何の悪びれもなく七時半を過ぎて登校して来るのであった。学校当局から共産党と疑われていたが、父兄からも生徒からも、殊の外尊敬されていた。その学校の早朝出勤は軍国主義教育の一環として位置づけられていたから、山下先生の自由な行動は、非国民として扱われる危険があった。しかし堂々と校長の前に意見を述べる姿には、みじんの臆《おく》するところもなければ、敵意を見せる姿もなかった。先生は、あの時代の中でキリスト者としていささかも憚《はばか》らなかったのである。

○月○日

昨夜は六回三浦を起こす。そのうちの三回はトイレに。一回はのどが痛みハーブ飴《あめ》を階下から持って来てもらうため、あとの二回は仰臥《ぎょうが》の姿勢を変えてもらうため。私にしてみれば、何《いず》れも止むに止まれぬことなのだが、寝返りさえ容易に出来ない妻を見て、三浦はいったいどんな気持ちであろう。申し訳ないなどという言葉では、言い表せることではない。

○月○日

一昨夜は六回も三浦を起こしたが、昨夜は只の一回なり。隠れた可能性を神は与えていてくれるのかも知れず。あるいは多くの人の切なる陰の祈りの故か。

○月○日

近頃のどが痛いと思っていたら、昨夜半、どろりとした血痰《けつたん》が出た。喉頭からか、鼻の奥からか、何れにせよ不気味な血痰であった。本日も教会に行けず。

○月○日

朝、思いがけず自力で布団の中から這《は》い出し、トイレに立つことが出来た。そして洗面も一人で出来た。自分の足でトイレに行き、自分で用を足すことは三歳の童児でも出来る。早くこのような普通のことが普通に出来る日を迎えたいもの。が、神は私に、一人では出来ないことをたくさん与えてくださった。主のなさることにまちがいはない。すべてを待ち望むこと。「必ずや待ち望め」と聖書にもあり。

○月○日

一日気温氷点下に至らず。気候の変化も無限に不思議な神の御業なり。ともあれ春は確実に近づいている。心明るし。

○月○日

三浦この頃、強烈な肩凝りに悩まされている。何か悪い病気が隠れていなければよいのだが……。

夕刻、菅野《かんの》あきさん、仙台の大学から春休みで帰省。私たちの家に寄ってくださり、名物笹《ささ》かまぼこを土産にくださる。かまぼこ、夕食に早速頂く。ふと包装紙を見ると、隅のほうに次の言葉あり。

「この掛紙は再生紙を使用しています」

立派な厚手の和紙の如し。三浦大いに喜ぶ。三浦は常々、すべての物資の再生を熱っぽく主張しているのだ。「使い捨て」という言葉は三浦の最も嫌いな言葉の一つである。確かに、私たち人間は神から与えられているいかなる物をも、無駄にしてはならないのだ。絶えず再生を計るべきなのだ。人間がもう役に立たぬと思っているものに、神にとっては最も惜しむべきものが多くあるのではないか。

○月○日

大阪の川谷威郎《かわたにたけお》牧師より電話。『銃口』を早速お読みくださり、十三冊も買い求め、四冊は既に他の人にプレゼントされたとか、感激なり。先生は朝に夕に私の体のためにお祈りくださっているとのこと、感謝なり。

○月○日

夕食の納豆、三浦三十分前に醬油《しょうゆ》をかけ、調えてくれる。時間を少しおくと味がよくなるとか。小さなことにも忠実な三浦なり。

○月○日

くもり。三月のくもり日は特に心が落ち着いてなかなかよいものだ。自分の死ぬ日は、こんな穏やかで静かな日であって欲しい。そんな他愛のないことを考える。

午後一時、北海道新聞社のカメラマンで編集委員の後山《うしろやま》一朗氏来訪。今年の末出版する筈《はず》の、私のアルバムについて準備のため。熱心だが押しつけがましくなく、気配りのきいた仕事ぶりに教えられるところ多し。日大芸術科卒という驕《おご》りなど、みじんもなし。来年は定年とか。帰り際に幾度も私の手を握って、「体を大事にしてくださいよ」と励ましてくださる。

○月○日

晴れ。屋根の雪おろしを、いつもの人にしてもらう。三月半ばに雪おろしとは珍し。今年の大雪を改めて思う。

○月○日

医師柴田淳一先生ご夫妻来宅。先生の描かれた十二号大の絵を贈らる。私の好きな美瑛《びえい》の丘の風景。不思議に心を和ませる作品なり。先生のあたたかいお人柄の故か。早速壁に掛ける。

○月○日

夜、旅行中のS嬢来宅。幾度も涙を流しつつ一身上の重大問題を訴え、進路を私たちに尋ねる。およそ二時間半にわたって話を聞き、アドバイスをし、信仰を失わぬように勧め、祈って宿に帰す。帰ったあともしきりに吐息が出て、三浦も私も疲れはなはだし。

○月○日

札幌在住の百合子姉より電話。「今夜ダンナと一緒にハワイに向けて発ちます。祈っていてください」とのこと。幸せそうな話はうれしいものだ。まわりの人々がみんな幸せであったら、どんなに楽しいことか。そうはいかぬところに人生あり。そして十字架がある。

○月○日

しばらく外出をためらっていた私だが、体調が少し回復したのか、珍しく自分から教会行きを言い出す。今年初めての礼拝なり。教会員の皆さんに声をかけられ心あたためられて帰る。

○月○日

家の前の舗装路、雪融けてようやく現わる。例年より融雪かなり遅し。明日にて三月も終わりなり。

## 咳と熱と

○月○日

春、いかにも春らしい暖かさなり。しかるに背筋の凍るようなニュースを朝刊に見る。朝日新聞東京本社に男が二人乱入し、発砲、幹部を人質に籠城《ろうじょう》の記事。昨年末の野村秋介氏の事件を思い出す。言論の自由を暴力で捩《ね》じ曲げようとする恐ろしさ。

○月○日

雨、霙《みぞれ》、くもりと、一日気象変化著し。

イースター。教会に行くべく着替えた途端便意を催す。少し遅れて出かけようとするとまたしても……。遂に教会行きを断念。〈心は熱すれども、肉体弱きなり〉。

○月○日

三浦の誕生日。遂に古稀《こき》、七十歳。髪も黒く、動作も機敏、あらゆることに意欲的、どう見ても七十歳とは見えず。もしかすると私は、七十歳という年齢を、まちがった標準で考えていたのではないか。それにしても、あちこち弱り果てた私と、少年のような背中をした三浦と、二歳違いとは……。毎日の鍛練の差の現れ、かくも明らかなり。霊の生活も、このように、はっきりと出ているのかも知れぬ。

○月○日

「高速増殖炉『もんじゅ』初臨界」のニュース新聞に。「初臨界」という言葉を初めて見る。始動とか開始とかいった意味らし。何れにせよ、悲惨な大事故が起こらぬことを祈るのみ。

○月○日

細川総理、辞任表明。意外と人々は、この総理に期待をかけていたのではないか。人間への期待というものは、おおよそ裏切られるものだ。私の子供の頃は、小学生でも大臣の名前を知っていた。が、今はその名を覚える暇のないほど短命である。金に足を掬《すく》われる故でもあろうか。

○月○日

三浦、激しい肩凝り。あくびをしても飛び上がる程痛いとか。過労の故なるべし。私のために、夜おちおち眠れぬ三浦を思って申し訳なし。

○月○日

久しぶりに戸外を散歩。但し僅《わず》か百メートル程。冬オーバーにマスクといういでたちで。コートなしに歩く若い人たちを眺めながら、さして羨《うらや》ましくもなし。羨ましいという感情は、その差が少ない時に起きるようだ。到底かなわぬ大差をつけられては、別世界の人を見る思いのみ。同時代に、同地域に生きているからと言って、同じ条件で生きているわけではない。わが道を行くこと。

今日、文芸家協会の会報を見ていて、注目すべき記事に遭う。会員通信欄の安部龍太郎氏の一文なり。旅に出る太宰治が夫人に言ったとか。

「正岡子規三十六、尾崎紅葉三十七、斎藤緑雨三十八、国木田独歩三十八、長塚節《たかし》三十七、芥川龍之介三十六、嘉村礒多三十七」

何のことかと夫人に問われて、作家の死んだ齢《とし》だと答えたという。一読胸を衝かれる。他の人の死んだ齢を覚えているということは、よほどその人に強い関心を持っているということだ。いや、その人のみならず、むしろ死そのものに、異常なほどの思いを抱いて生きていた証拠だ。そしてその彼も、三十八という若さで自殺したという。彼は聖書を手にしていたと伝えられるが、その中に示されている神の愛は、どのように伝わったのであろう。ともあれ、太宰治に対して改めて親しみを覚える。安部氏が言っているように、彼は命がけで文学に対していたのであろう。

○月○日

五月半ばと思う暖かさ。北国に住む者たちが、ようやくうららかな春陽を喜ぶ頃、本州ではとうにそのうららかさに馴《な》れて人々は生きている。この寒暖の差に割り切れぬ思いを抱いたこともあったが、さすが年を取ったのか、北国の四季それぞれの個性的な風景に、誇りを持つようになった。おもしろいものだ。

○月○日

橿原《かしはら》市在住の三浦の叔母《おば》、村野祝の訃報。祝叔母は、三浦の父が死んだあと、三浦が母方の祖父の家に預けられた十年間、三浦を育ててくれた一人。三浦は悲しき面持ちにて弔電を打つ。

「叔母さまのご逝去心よりお悔やみ申し上げます。

体の弱い一年坊主の私をおんぶして、叔母さまはあの一里以上の道を、幾度学校まで通ってくださったことでしょう。可愛《かわい》がって頂いた思い出は尽きません。何のお報いもできぬままに永の別れとなってしまいました。妻綾子が病気のため、参上できず残念です。

叔父《おじ》さま、どうぞお元気で更に長生なさってください」

〇月〇日

札幌より小檜山博氏ご夫妻、北海道新聞社図書編集部長佐藤征雄氏と共に来宅。小檜山氏は泉鏡花賞受賞者の作家で北海道新聞社の記者。今年から来年にかけて、私の写真集とエッセイ集を同社より出版予定のため、その打ち合わせに。用意していた函館五島軒のカレーライスで昼食。昼食後、小檜山氏夫妻カラオケで歌ってくださる。元々上手な方々だが、一段と磨かれて鮮やか。夫人は初めての曲をも、ぴったり伴奏曲に乗って歌い切られる。楽しいひと時。楽しいと言えば、いつ会っても小檜山さんは楽しい人だ。楽しい人というものは、明るくて圧迫感を与えない。他者をおおらかに受け入れる。なかなか至り得ぬ境地なり。

○月○日

「バンザーイ！」と叫び出したいほどうれしい。昨夜はトイレに立つこと只《ただ》の一回。ありがたし、ありがたし。夜、トイレに起きないというだけでも、人間喜びを得ることなのだ。二本の足で立っている。手が自由に動く。何でもないようなそのことが、実は大変な恵みなのだ。

午後、資料の点検後、三浦と二人で九百メートルほど戸外を散歩。暖かい四月の日差しを受けて歩く九百メートル、久しぶりのことゝて足は疲れたが、心地よい満足感あり。共に寄り添って歩いてくれる三浦の顔も明るい。

○月○日

うすぐもり。強風。

私は風が嫌い。強い風が嫌い。今日は私の誕生日。せめて風は静まって欲しいと思う。それにしても、よくぞ七十二歳まで生かされてきたものだ。体重今は三十八・五キロ。雑貨店を経営していた三十余年前は体重五十七キロもあった。今は二十キロ近くも減って、それでも生きていける。不思議なものだ。風が強くても、七十二歳の誕生日を迎え得たということ、ふっと消えてしまいそうな命でも、とにかくこれは凄《すご》い感謝なことなのだ。

○月○日

三浦、連休を前に（連休でも休めるわけではないが）遂にダウン。昨夜、私の目を覚ますまいとして、幾度となく咳《せき》を押し殺した様子。午前はいつものとおり私のマッサージや、手紙など処理していたが、午後自分で床を取り、臥床《がしよう》。よくよくのことなり。夕刻三十八度。医者を呼ぶことを私とスタッフ一同で強く勧める。珍しく素直に勧めに従う。よほど苦しいらしい。佐々木医師すぐに往診してくださる。信頼に足る医師なり。三浦の肩と首の凝りに、

「このままにしておくと、脳梗塞《のうこうそく》になりかねませんよ」

と言われる。何とかもう少し休ませてやりたし。

夕刊第一面に〈中華航空エアバス機名古屋空港にて炎上、二百六十二人死亡〉の記事。悼ましとも悼まし。

○月○日

昨夜三浦、咳と熱を押して、私の介助を幾度も。悪化せぬかとハラハラ。が、一人でトイレに立てない私には、いたしかたもなし。

三浦、昨日の注射と薬によって少しく熱がさがったものの、夕刻再び八度を超える。一日臥床。咳激し。

午後大月書店発行、全日本教職員組合編集『エジュカス』誌のためのインタビューに歌人碓田のぼる氏外三名来宅。三浦同席できず。小説『銃口』にもとづき、戦前戦中の誤り、教育、家庭、社会等々碓田氏絶えず核心を衝いた質問をもって、答えを引き出してくださる。誠実かつ優秀なインタビュアーなり。終わって、三浦にも会わせたかったと、しきりに思う。

○月○日

三浦、風邪に加えて胃腸の調子も悪くなる。抗生物質等薬のせいと思いながらも不安なり。夕刻、佐々木ドクター再び来診。医師曰《いわ》く。「今の風邪は大体三日で熱も下がります」。しかし、肺炎の経験ある三浦のこと、私の不安去らず。

○月○日

昨夜も三浦、私の介助に幾度も立ち上がる。夕刻、洋子秘書帰宅せず、泊まってくれることとなる。

## 浮島トンネル

○月○日

月が変わって五月。北国に住む私には、五月という言葉を口にしただけで、うららかな春の陽《ひ》を体一杯に受けたような心地よさを感ずる。だが三浦、月が変わっても平熱に至らず。発熱以来今日で五日。熱を出しながら、昨夜も私がトイレに立つ度に介助してくれる。まだ咳もひどし。

○月○日

「今日は前川正さんの命日だな」

汗の寝巻きを取り替えつつ、三浦言う。不快な風邪の床にありながらも、前川さんの命日を、この人は忘れていない。いや、辛い風邪の中だからこそ、若くして死んで行った前川さんのことが、思いやられてならないのかも知れない。

「そうね」

私は短く答えて、

「今日はいい天気ね。元気を出して早く治ってくださいよ」

と言う。元気なら、毎年二人で前川家に挨拶《あいさつ》に伺うのだが、ここ二、三年なぜかこの日体調優れずそれもできない。

○月○日

ありがたし、やっと三浦平熱に戻る。昨夜は五回私の介護に起きてくれる。申し訳なし。この申し訳なさを、なんと表現すべきか言葉なし。

○月○日

本日遂に三浦床上げ。ようやく心晴れ晴れとなる。床上げしたかと思うと、朝食をとらぬ三浦は、早速『信徒の友』の短歌の選を始める。予後をゆっくり休むなどという余裕もないのだ。この十日程の間に山とたまった郵便物を見て、私も吐息が出る。三浦のことだ、またぞろ夕食後十時十一時まで、その処理に取りかかるにちがいない。

○月○日

くもり、風強し。午後雨嵐。

庭のこぶし、四つ五つ花ひらく。これまた驚くべき神の創造の御業。

永野法務大臣辞任。就任僅か十日とか。南京虐殺はデッチ上げであったとの発言による。いったい、どんな思いでそんなことを言えたのか。国家の過去の非も、私たちは率直に詫《わ》びるべきではないのか。日本が真に世界の一国家として生きていくためにも、謝るべき点は謝らねばならないのではないか。愛する私の祖国日本よ、世界に愛される国となれ。

○月○日

星光教会の婦人牧師清水真理先生より電話。故引田一郎氏夫人久子さん、天に召されしとのこと。引田一郎氏召天の報を聞いて、その思い出も生々しいのに、今度は夫人が召された。ご主人のトラクト伝道を支えて、どんなに大きな忍耐をなさったことか。熊の出る山中には、熊のためのおにぎりも持参したという引田一郎氏、全道至る所にトラクトを配った氏を助けた夫人の、その陰の功績を思わずにはいられず。天にて、主の御手のうちに安らわれんことを。

○月○日

『伝承と医学』誌に、エッセイ七・五枚。テーマは奇跡。芳賀智恵子さん開眼の奇跡を取り入れつつ、人間の存在即奇跡であることなどを述べる。

○月○日

三浦、腕立て伏せ、二十五回まで回復。風邪は完治した様子。

正午、グランドホテルのオープンパーティーに三浦と出席。〈旅人を懇ろにもてなせ〉の聖句が胸に浮かぶ。営業部長横田氏の案内で全階を見学。六階辺りから見る大雪山、十勝連峰の秀嶺《しゅうれい》、一大パノラマの如し。多くの知人友人にお会いできたこともうれし。

○月○日

わが家の庭に桜咲き初む。年々のことながら心ほぐるる思い。神は多くの人に、繰り返し美しいプレゼントをしてくださることを思う。

三浦、昨夜睡眠中脱肛《だっこう》。いかに不快なことか測り難し。脱肛は三浦の泣きどころなり。

○月○日

午後、三浦と二人で美容室へ。私一人では美容室へも行けず。どこに行くにも附き添ってもらう。美容室を出たあと、陽気に誘われて一・五キロ程、街の中を散歩。会釈してくださる人多し。中には「お元気ですか」と声をかけてくださる方もあり。「ふるさとはありがたきかな」の感深し。買物通り公園から、常盤公園にかけての街路樹の美しきことよ。わけても白樺《しらかば》の幹、新葉見事。

「綾子、旭川の街がこんなに美しかったかなあ」

三浦感嘆の声。かつて「師団通り」と言われたこの平和通り、再び軍靴の音響く通りとなるなかれ。

○月○日

聖日礼拝の帰途、桜花美しき神楽岡公園に立ち寄る。難病連の主催する花見の日なり。私は仲間のパーキンソン病のグループに顔を出し、三浦共々挨拶《あいさつ》をする。三浦、望まれて歌を一曲うたう。「あざみの歌」なり。戸外でマイクもなしにうたったが、十数人の患者や家族、大いに喜んでくださる。美しい桜の下で、一人一人いかにも楽しそうだが、毎日毎夜の同病者とその家族の辛さを、反射的に思わずにはいられず。心ひそかに神に祈る。共に食事などして、交わりの時を持ちたくはあったが、午後の約束もあり早ばやと帰宅。

午後余市町より高橋良吉、純子夫妻、アトピーの幼児《おさなご》愛ちゃんを連れて来訪。いろいろと人生について語り合い、祈りを共にする。

〇月〇日

晴れ。午後二キロ程離れた三浦綾子さん宅へタクシーにて。数日前誤配された荷物を、住所不確認のまま受け取ってしまって、電話で尋ねられるまで気づかなかったことへの謝罪に。旭川市内には、以前にも私と同姓同名の人がいて、電話が混線したことがあったが、とにかく当方の失点。深くお詫びして持参のお菓子と著書を一冊差し出す。三浦綾子さん、快くおゆるしくださり、握手してくださる。安心して帰宅。許されることはありがたきかな。

〈われらに罪をおかす者をわれらがゆるすごとく、われらの罪をもゆるし給え〉

〇月〇日

待ちに待っていた日遂に。早目に昼食をとり、十二時半わが家を出発。三浦の兄が軽トラックで先導。私と三浦と、洋子秘書の三人は村上敏明氏の個人タクシーに同乗。一路滝《たき》上町《のうえ》に向かう。途中の桜、こぶし、藪陰の残雪、渓流に幾度も声を上げつつ。三三三二メートルの浮島トンネルをくぐり、三浦の育った滝上町へ着いたのは二時間半余りの後。

先ず町立病院に三浦の義兄信一兄《あに》を見舞い。附き添いの富美子姉《あね》に挨拶。

町立病院から、全国的に名所になった芝桜の山へ。四分咲きでまだ早かったが初々し。宿は「ホテル渓谷」。夜六時から三浦の同窓会。私は一言スピーチをさせられたあと、部屋に戻り洋子秘書と夕食。毛蟹始め豊かな食事に驚く。

遂に懸案の滝上に来ることができて、大いに感謝。昨年九月、東京二泊の旅行後、初めての外泊旅行なり。果たして実現できるかと危ぶんでいたが無事にこの日を与えられ、只々《ただただ》ありがたし。

滝上町には四年ぶりか。つくづく美しき里と改めて思う。私の生まれ育った旭川の界隈《かいわい》は街並みに過ぎないが、三浦にとってのふるさとは、第二のふるさとながら、このように絵のように美しい土地なのだ。父を早く失い、祖父母の家に育てられたとは言え、三浦の培われた豊かさを思わずにはいられず。しかも三浦の預けられた家には信仰があった。

吾を引取り育てし貧しき農の家聖書ありき聖歌ありき聖画がありき
と、かつて三浦が詠んだのもむべなるかな。〈主の山に備えあり〉。すべては主の大いなる恵み、正にこれぞハレルヤ。

○月○日

朝八時二十五分、村上ドライバー迎えに来て、渓谷ホテルを後にする。途中の景色昨日に増して美し。「滝上よ、さようなら」。また来る日のありや否や。車の中で、滝上出身の作家小檜山博氏、加藤多一氏をしきりに思う。共に心あたたかき人なり。

ホテルを出て二時間十三分にて帰宅。ソファに暫時休憩して、正午前市内のグランドホテルへ。私の父と母との法要のため。同じテーブルには三浦の隣に橋本輪番着席。三浦といろいろと話が弾む。仏教界の若い世代にお勤め軽視の風潮もありとか。

「救いはむろん人間の行いによるものではありませんが、先達の労苦への感謝が、自ら行為に現れて然るべきなのですが……」

のお言葉に感銘。更に「ひとことの言葉もお布施のひとつなのです」と言われる。聖書にも〈神は犠牲よりも憐《あわ》れみを愛する〉という言葉あり。興深し。

久しぶりに親戚《しんせき》兄弟に会えたことも心うれし。既に世にはなき父、母、兄、弟、妹の笑顔が瞼《まぶた》に浮かぶ。

# 第五章　驚く目を持っていれば

## 『母』公演、遂に旭川へ

○月○日

結婚三十五周年記念日なり。

「花嫁の父」という言葉あり。愛する娘を嫁がせる時の、父親の悲しみにまつわるエピソードをよく聞く。三浦の兄は、その娘の結婚披露宴で、「自分の妻を他の男に嫁にやる心境に似ている」とスピーチした。

が、私の父はちがっていた。二十四歳の年から三十七歳までの十三年間、その大半をベッドの上で病んだ娘を、妻にしたいという男性など、現れようとは夢にも思わなかった。私の友人たちが、既に結婚十数年、落ちついて子育ての家庭を営んでいるのを見ると、独身の娘が何とも憐れでならなかったろう。

三浦との結婚を聞いた時、父は言った。

「誰とだ？　相手は人間か？」

この一語にこもる父の驚きと喜びと、そして複雑な胸中を、私は思いやらずにはいられなかった。以来三十五年、神は私たち夫婦を今日まで守ってくださった。正に「わが行くみち　いついかになるべきかは　つゆ知らねど、……そなえたもう　主のみちを……」の讃美歌のとおりであった。あと何年二人の時間があるのか、それは知らない。が、心から感謝して共に歩みつづけたい。

多くの方から祝いの花が届けられ、部屋にいっぱいとなる。感謝感謝感謝。

○月○日

三十・六度、沖縄より暑しとテレビの気象ニュース。朝体重測る。三十八キロぎりぎり。

○月○日

夕刻、光文社の窪田清氏、加藤寛一《かんいち》氏来宅。加藤氏は数年前胃癌《いがん》発病、私の粉ミルク療法を窪田氏に聞き、実行して著しく回復せし方。キリスト者なり。大いに歓談。

○月○日

小熊賞受賞祝賀パーティー。花月会館にて。受賞者は佐藤博信氏。多喜二の母の取材のため大館に旅行したのは六年前。その時、時間を割いてくださったのが佐藤氏。詩人とお聞きしていたが、この度の受賞で夫人同伴来旭される。まことに喜ばしき限り。

パーティーの前に講演あり。講師はいつも後進の指導に尽くされる札幌在住の山内栄次氏。いつお会いしてもよき人柄なり。

○月○日

正午、細見浩氏来宅。私の啓明小学校勤務時代、一年生から四年生まで受け持った生徒。三年間、中国在住日本人学校の校長として赴任していたが、三月帰国せしなり。カレーライスを共に食べながら、土産話を聞く。これぞ教え子ならず、教えられ子(?)なり。氏はカトリック信者。

○月○日

角川書店より、佐藤吉之輔氏、大和正隆氏、伊達百合氏来宅。新連載の打ち合わせに。果たしてその新しい仕事を果たし得るや、今の体力では全く自信なし。されど、神、よしと見給わば成るべし。祈って備えること。今日で五月も終わり。

○月○日

夜、六時十五分、公会堂へ。遂に小説『母』の旭川公演が実現。主役いまむらいづみさん、頰《ほお》こけて別人のごとし。気の遠くなるような長い台詞《せりふ》に、こうまで痩《や》せこけられたかと心が痛む。が、舞台のすべてまことに感動的。終わりに花を持って舞台に上がると、またしても嵐《あらし》のような拍手。いまむらさんの頰は、メイキャップと知って安心。

芝居の終章には、近藤治義牧師役も登場。これまた名演技。感動尽きず。願いにまさる成果に只々感謝。「主よ、聖名の崇められますように」。

○月○日

一昨日、昨日と三回上演された「母」の舞台関係者慰労会、大舟にて、正午より。いまむらいづみさん、八十七歳役から若々しいご本人に戻っていられる。昼のパーティーながら大いに盛り上がる。

考えてみると、舞台における俳優ほどの真剣さが、私たちにどれほどあることか。あれほどの真剣さをもって生きるならば、何かが変わる。変わらぬ筈《はず》はない。

○月○日

午後三時、洋子秘書に血圧を測ってもらう。上が九九、異様な低さ。午後四時半再び測ると、一挙に一六八に。

「死期近きかも知れず、覚悟して欲しい」

と三浦に言う。三浦、さすがに顔を曇らせる。悪しき妻なり。

○月○日

午前十一時、旭川東税務署へ三浦と二人で。納税優良とかで、感謝状を授与され、且つ昼食を供される。署長と幹部三人、そして三浦は仕出しの弁当。私はチャーハン。予め電話で希望の食事を尋ねられ、チャーハンと答えておいたが、私にのみチャーハンが運ばれて来て恐縮する。

ご馳走《ちそう》になりながら、ふと四十年以前、療養中医療費に困って医療券を発行してもらったことを思い出す。ともあれ、三十年間小説を書いて来て、かなりの税金を完納させていただいたことを感謝。

○月○日

『北海道新聞』日曜版のリレーエッセイに、教え子清享《せいすすむ》のことを書く。彼は歌志内《うたしない》の分教場で二年生の時、一学期だけ私の受け持ちであった。短期間受け持っただけだが、のちに私の療養中、幾度か私を見舞いに来たことがあった。そしてある時、私の詩に目を注《と》めて、その貧弱な冊子を売ってくれたものだった。優しかったその彼は若くして死んだ。私に、ものを書く喜びを与えてくれた忘れ得ぬ一人。

〇月〇日

晴れ。真夏の如き暑さ。

昨夜は五、六回三浦を煩わす。三回はトイレに。他は階下より抗ヒスタミン剤を持って来てもらい、更にビタミンCを取りに行ってもらう。寝汗も二回、その度に着替えさせてもらう。こんなに一夜の眠りを幾度も中断するとは、なんたる過酷ぞ。三浦に詫《わ》びると、「遠慮することはない」と言う。

少しく風邪気味で、疲れていたが花の日の礼拝に。

〇月〇日

夜入浴、約二ヵ月ぶり。体重三十八・七キロに戻る。但しこの頃夜一人で床の上に正座できず。

集英社南成子《しげこ》氏、『ちいろば先生物語』の集英社文庫版を持参。解説は高野斗志美教授、見事な解説に瞠目《どうもく》。

○月○日

四国鴨島《かもじま》の伊藤栄一先生、スイートコーンをお送りくださる。今年の初物なり。スイートコーンは北海道特産にあらぬことを、またしても思う。九十歳の先生が、百歳までも福音を伝えられるよう祈りつつ、おいしくいただく。

○月○日

晴れ。日本基督教会旭川教会百周年記念礼拝に出席。前任牧師の丹波先生の説教にいたく感動。されど説教中便意をもよおし、三浦に介助されてトイレに。エレベーターの中にも、トイレにも説教は明瞭に聞こえたものの、申し訳なし。数年前に建てられたこの会堂、行き届いた設計なり。講壇のうしろの丸い天窓より見えるアカシアの花、この世のものとも思われぬ美しさ。

○月○日

夏至。このこと一つでも驚嘆すべき創造者の御業。朝、自力で床の上に正座。四十日ぶり。夕方四時半～五時半、台湾高俊明牧師、旭川ナザレン教会の後藤英夫牧師と共に来宅。小説『銃口』の金俊明はこの先生の名をいただいたもの。高先生は四年間投獄された経験ありとか。

○月○日

夕食中、座骨痛み、五回も六回も椅子《いす》から立ち上がる。「治らないかも」と、また三浦に弱音吐く。三浦、「必ずや待ち望め、必ず治る」と励ましてくれる。

○月○日

夕食後、三浦、讃美歌の「日くれて四方はくらく」を、高音と低音の二通りに、きれいに唱いわける。不思議な声なり。

○月○日

午前十一時、教え子の高畠栄子さん大阪より、南良子さん砂川より来宅。昼食をはさんで二時まで歓談。歌志内《うたしない》当時の二人の思い出を聞きながら、小学二年生当時のいじらしい姿を思う。二人は言う。

「先生、わたしたちが先生を懐かしがるのは、先生が有名になったからではないのよ。わたしたちの思い出は、先生が有名になる前の、小学校二年生の時の思い出なんですもの。そこんとこ間違えないでね」

うれしい言葉なり。社会的地位も、知名度も通用しない関係。それが生徒たちと私の間だったのだ。

○月○日

低温、朝ヒーターを入れる。午後四時、日赤病院に佐藤靜子《せいこ》さんを三浦と見舞う。正に危篤。祈りつつ帰宅して二時間後、逝去の電話。言葉もなし。

# 山田洋次監督と語る

○月○日

松本市の住宅街に有毒ガス事件発生。七人死亡とのニュース。有毒ガスと聞いて反射的に七三一部隊を連想したが、まさかこの平和な時に、平和な住宅街に、同部隊と関わりがあるとも思われず。何《いず》れにせよ痛ましき限りなり。一度講演に訪ねた松本の美しい街と清い空気を思い出す。クラスメイトの西村さんは無事であろうか。教会の方々は……。

「主よ御国を、そして平和を地上に！」

○月○日

羽田内閣二ヵ月余で退陣、村山新内閣発足。とにもかくにも平和を目指して欲しいものだが……。

○月○日

従弟《いとこ》の佐藤隆士さんの妻靜子《せいこ》さんの葬儀。私は体調すぐれず三浦のみ出席。「あんな美しい死顔を見たことがない」と、三浦帰宅して幾度も言う。その言葉に、一段と悲しみ深まる。遺族に神の支えと慰めを祈るのみ。仲よき夫婦であったのに。

○月○日

市川元夫、元子ご夫妻、ご子息の太良《たいら》君を連れて来訪。市川さんは元光文社勤務。まじめな人なり、優しき人なり。私の本の出版でよくおせわになったことを改めて思う。

○月○日

梅花短大教授桝井寿郎氏来宅。『読売新聞』の記事執筆のためインタビューに。先生はキリスト者でロシア文学研究の権威。

○月○日

旭川セブンスデー教会の寺内三一《みつかず》先生夫妻ご来宅。池増牧師の後任として旭川に赴任されて以来、幾度も面会の申し込みを受けていたが、今日ようやくお出でいただく運びとなった。見るからに牧会者といった風格。ご活躍を祈る。

○月○日

受洗記念日。今日で満四十三年。もしキリストを知らなかったら、もし受洗していなかったなら、どんな人生になっていたことか。絶望の中に若い命を終えたことは確か。四十三年の神の御守りをしみじみ思う。

午後、難病連合の全道集会打ち合わせのため、恩田武美氏と松原玲子さん来宅。てっきり健常者で会の世話役をなさっている方々とばかり思ったら、二人共大変な難病を抱えているとのこと。この二人が中心となって、全道の難病者数百人の集会が旭川において開催されるとのこと。その時のスピーチを頼まれる。自分の難病だけをかこつことは許されず。感謝して協力すること。

○月○日

快晴。さわやかな心地よき日。

三浦の兄、午後庭木の剪定《せんてい》に来訪。剪定が終わって、三浦の疲れし顔を見、三浦の首、肩、背、腰を一時間近く汗を流して揉《も》んでくださる。美しい兄弟愛の姿と思って見ていると、スタッフの小西和子さんも、「羨《うらや》ましい光景ですね」と感激。そのていねいな揉み方に肉親の弟を思う心が豊かにあふれていた。

○月○日

夜、テレビで映画「マルサの女」を見る。いい映画というものは一シーン一シーンに緊張が漲《みなぎ》っていて、ぐいぐいと人を惹《ひ》きつける。以前に一度映画館で見たが、いい作品は幾度見てもよいもの。この伊丹十三監督が、他の作品のことで暴漢に刺されたことがあった。人間には言葉がある。問答無用とばかり暴力に訴えるとは、もってのほか。

○月○日

昨夜夜中、三浦腹痛。階下に自分で薬を服《の》みに下りる。一人で床から起き出せぬ私は、何をしてやることもできず、只《ただ》手を当ててやるのみ。腹痛の原因は昨日の昼、うなぎの食べ残りを食べたため。そのうなぎは、前日私が食べ残したもの。申し訳なし。

朝、三浦大過なくおさまり、昼はカユをとる。しかも午後は三浦大いに仕事。その意欲に驚嘆。無理をさせまいと思っても、詮《せん》なきこと。仕事の絶対量が多いのだ。

○月○日

正に猛暑なり。幼い時によく経験した旭川の暑さ。

三浦、朝七時半から午後三時半まで、実に八時間トイレに行かず。更に夜十時半まで七時間尿意なし。老人性頻尿の兆候全くなし。七十の老人とは思えず。これに対して私は、二時間毎にはトイレに立つ。哀れなり。

○月○日

本日も猛暑。

常田二郎先生ご夫妻、関西より来訪。昨年もお出でになられたが、昨年は先生が風邪を引いておられて、部屋に入っていただけなかった。風邪に対する抵抗力のない私を思ってくださり、玄関だけで早々に帰られたのだった。お土産のみ置いて帰られてから一年、はなはだ残念に思っていたが、今年はお元気で奥さま共々、冷やしソーメンの卓を囲み、歓談。六条教会を牧《ぼく》されておられた頃のお姿、何とも懐かしき限り。

夜、六時半から九時まで、三浦、町内親睦会《しんぼくかい》に出席のため近くの児童公園へ。マトンの焼き肉パーティーなり。余興の時間になって、三浦の歌声が窓より流れてくる。私はこの二、三年出席出来ず。三浦淋《さび》しがるも止むなし。三浦が帰ってくるまで、小西和子さん超勤して私に附き添っていてくれる。自分一人では留守番も出来ぬ身なり。

○月○日

聖日。定刻前に教会へ。着席した途端に便意を催す。こんなことがあってはならじと、浣腸《かんちょう》して排便して来たのに申し訳なし。三浦の介助で階下の身体障害者用のトイレに入る。十五分～二十分ののち会堂に戻る。いささか惨めな気持ち。

「自分を抑圧する者は、他者をも抑圧する」

講壇交換で名寄《なよろ》より来てくださった池迫《いけさこ》先生の説教の中の言葉。図らずもありがたき言葉なり。

○月○日

三浦、ライオンの口中に素手を突っ込み、ついで殴り倒したとか、昨夜の夢を告ぐ。闘志の現れか。優しげな顔をしていて激しき人なり。

午後四時半、遂に今年初めて北美瑛《きたびえい》の美しい丘へタクシーにて。いつ見ても美しい丘ながら、今日はとりわけ美し。熟れた小麦の黄色、馬鈴薯の花の白や紫、遠い山並みの澄んだ緑、どれもこの世のものとも思われず。只々創造の御業を讃歎《さんたん》するのみ。六時半帰宅。

洋子秘書、吾らの帰るまで留守番していてくれる。

この頃夕食の時間やたらに長くなる。すべてに動作が鈍くなりし故か。今日は七時から十時近くまでかかる。三浦は早々と終えて夜業をしているというのに。

○月○日

夜、約二カ月ぶりに入浴。体重三十八・五キロ。徐々に痩《や》せてきているのは何故か。

○月○日

昨夜一晩中暑くて容易に眠れず。朝五時、三浦窓を開けたが、網戸越しに流れ入る空気も、さほどさわやかならず。北国の旭川では寝苦しきままに一夜を明かすなど、珍しきことなり。午後、松下政経塾塾長上甲《じょうこう》氏外六名来宅。上甲氏とは再びの出会い。

「また伺ってもよろしいでしょうか」

帰り際のお言葉もうれし。

○月○日

夜九時、世界的ソプラノ歌手と言われるアメリカのオペラ歌手フェリシアさん、村田和子さん夫妻と共に。気さくにソファに腰をかけられたまま、幾度もうたってくださる。最高の贅沢《ぜいたく》なり。

○月○日

今夜も夕食の時間三時間に及ぶ。座骨も痛み、五分毎に椅子《いす》を立ったり、歩いてみたり、そんな食べ方では痩せると言われるのだが……。

スペース・シャトル無事地球に帰還。この科学の発達が、人類の平和につながることを祈る。

○月○日

昨日三十二・八度。今日は三十一・九度。

今日より山田洋次監督との対談。わが家にて。午後三時近く無事来宅。胸を躍らせて何日も前から待っていた山田監督は、想像どおりあたたかさに満ちた人柄。対談は『北海道新聞』紙上に、数日掲載の予定。担当の稲葉吉正文化部長外数名同行。

今までの対談の中で最も大がかりな雰囲気ながら、話は意外に弾む。五時十五分まで。先ず第一回終了。

「このような小説を読みたかったのです」

と、氏は小説『銃口』にも触れてくださる。私にとって最高の讃辞なり。

一同が帰られたあと、ちいろば先生こと故榎本保郎牧師の妹仲岡かつみご夫妻、旅行の途次お寄りくださる。讃美歌をうたって欲しいと求められ、その上祈ってくださいとのこと。喜んで三浦と共に求めに応ず。二十分とおられなかったが心和むひと時。

## 難病者連盟集会で

○月○日

昨日につづいて今日も猛暑。それでも夕刻三浦と散歩。児童公園の中に入ると、子供の群れの中にいた吉田リエちゃん、走って来て三浦の手にぶら下がる。三浦もニンマリと微《ほほ》笑《え》む。先日リエちゃんは、初対面（？）の私たちに近づいて来て、まじまじと三浦の顔を見、

「小父さんおしゃれだね」

「どうして？」と三浦。

「だって前髪垂らしてるもん」

おしゃれだねという言葉は小学三年のリエちゃんの言葉で、もし大人であれば、「素敵ね」とでも表現するところかも知れない。

「またね」

入口の近くまで従《つ》いて来て、リエちゃんは軽やかに走り去る。この間私は圏外である。

七十歳の三浦と、八歳のリエちゃん、これは舌切り雀の世界だ。小雀とやさしいおじいちゃん。小雀の舌を切ったおばあさんの心情に私は同情する。

○月○日

玄関のそばのナナカマドの木にぶら下げてある温度計、午後三十三度。七年程前、ロサンゼルスに到着した日が三十三度か三十四度だった。からりと空気が乾いていた。きびしい暑さだった。今日の旭川も同じ猛暑だが、パーキンソン病の私には、あまり暑く感じられない。これを病気のお陰と感謝すべきか。

防衛費〇・九パーセント増におさえたとのニュース。しかし喜び切れず。何やらうさん臭い。

○月○日

難病者連盟の集会、午後六時旭川グランドホテルに開催される。多くの車椅子の人、松《まつ》葉《ば》杖《づえ》の人、ぞくぞくと集って活気あり。三浦十分、私二十分のスピーチ。短い言葉ながら、涙をぬぐってくださる人もいて、こちらも感動。それにしても六百人からの参会者、みんな苦難と戦って生きているのだ。

〈私にとって苦しみにあったことは幸いである〉

と言い得ることを祈る。

この集会に奉仕のため来旭された童話作家加藤多一氏に初めてお会いする。氏から新鮮なレタスを一箱いただく。この加藤氏の講演も聞きたかったが、他の分団のため聞けず残念。

○月○日

椅子に腰をかけるという日常的な動作が、私には容易にできず。自分の椅子の前に、きちんと立てない。だから腰をすぐにはおろせない。そして、椅子から立つこともまた容易ではない。靴を履くことも脱ぐことも大変な難儀。というわけで、一日中絶えず難儀がつきまとっている。それに加えて、体のあちこちに痛みがある。「なんだそれしきのこと」と人は笑うかも知れない。が、人生、それしきのことで参るのだ。難病連盟の人たちを思いながら耐えることとする。本日も暑し。

○月○日

三浦、明日は教会で、牧師の説教の代わりに奨励の予定。明日の聖日は教会の野外礼拝。

それに参加できない留守組のために奨励を頼まれたのだ。昨年と同じである。幸か不幸か、昨年好評だったので、アンコールということ。ありがたいことなり。今年は三浦に講演等の依頼五つあり。

先ずこの奨励。明日は日本基督教会全道集会のため。秋には、営林支局見学ツアーのため。市内の東陽中学PTAのため、そしてもう一つは、旭川地区合同教育研究集会のための五回なり。

夜九時、主治医伊藤和則ドクター、旅行の途次私の診断に来宅。十一時美唄《びばい》に向けて帰り行かれる。そのあと、三浦、明日の奨励準備の仕上げ。ご苦労さまなり。午前零時を過ぎて就床。七月も今日で終わり。「七日のたび路　やすけく過ぎて」と讃美歌の詞にあるが、一ヵ月大過なく終えるということ、ありがたきことなり。

○月○日

くもり。三浦、午後一時半の電車で、小樽の隣町余市町のキロロへ。キロロは近頃リゾート地として名をあげ始めた地域。三浦、日本基督教会北海道中会（修養会）の講師として招かる。演題は「祈ること伝えること」。はなはだ魅力ある演題なり。多分、訴えたきことをじゅうぶんに訴えて帰るべし。三浦一人が、私の知らぬキロロなる地のホテルで今夜は過ごす。いつも私たち夫婦は同伴するので、淋《さび》しさきわまりなし。今宵一泊で明日は帰って来るというのに、心弱きこととなり。これも病める故か。

今宵わが家に、二階には洋子秘書が泊まり、階下には福田ヱイ子さんが、三浦の留守を守ってくれる。ありがたし。

○月○日

ロサンゼルス在住の稲葉寛夫氏より電話。「長島清さんが召されました」とのこと。思いがけぬ訃報《ふほう》に、三浦共々驚く。『塩狩峠』と『海嶺』の映画はこの人がいなければ、生まれなかった。いつも不可能と思われることに挑戦した人。晩年日本を離れ、アメリカで伝道に励まれておられた。まだまだ働いていただきたかった人。心淋し。

○月○日

松田亘弘《のぶひろ》氏ご来宅。七、八年ぶりなり。同行の夫人の若さに一驚。三十五年前とほとんど変わらず。人間が若く見えるということは、健康だけの問題ではなく、精神のあり方の問題だと思う。いつ見ても明るいということ、松田夫人のその明るさはどこから来るのか。考えさせられること多し。

松田氏と歓談中、田原米子さん一行四人お訪ねくださる。その中の一人に、左腕が義手、右腕は義手もなき若き女性あり。深い事情は聞かなかったが、この人も明るし。自殺未遂で残った右腕に指が三本、そして両足義足の田原米子さんの積極的な信仰に感化されての明るさなのであろう。小指一本なくても大変なのに、田原さんと言い、その若き女性と言い、何と輝かしい表情であろう。人間には、何がなくては生きられぬ、と言うものがあるのか、ないのか。「なくてならぬものは唯ひとつ」という聖句が、大きく迫ってくるようだ。

〇月〇日

広島に原爆の落ちた日。原爆を落とした真の張本人は誰なのか。あの時に死んだ人が、もし死ななかったとすれば、何十万という人生がこの世にあった筈《はず》なのだ。そしてそれがどれほど多くの喜びとなり、力となったことか。だがあの時、二十万の人が死んだ。そう考えると、底知れず恐ろしい。人間が人間を殺す……生命の尊さを知るものの断じてなすべきことではない。

「戦争だから仕方がなかった。みんなが死んだ時代だ。仕方がなかった」

と、私たちは言う。が、本当に仕方がなかったのか。なぜ殺人を正当化する理由が戦争にあるのか。人を殺すことが悪ならば、戦争はしなければいい。そう言い切ることのできる人間はもういないのか。私たちは、もっと大声で言っていい筈だ。無性に腹が立つ。焦《じ》れったい。

「戦争を起こす奴《やつ》は、いったい誰なのか」

○月○日

礼拝後、私のために「作家三十年記念祝会」が、教会堂のホールで持たれた。三十年、この病弱な私が書きつづけ得た陰に、どれほど多くの祈りが捧《ささ》げられたことか。測り難き神の愛に感謝す。

○月○日

菅野《かんの》叡子《えいこ》さんより、ヨーロッパ数カ国を旅して来ての土産をいただく。スウェーデンの白夜のこと最大の土産話。なんと夜十一時に夕焼け、午前二時には朝焼けとか。真夜中も全く暗くはならずとか。スウェーデンに住む人が国外に出たら、どんな気持ちだろう。

「日本という所は不思議な所だ。夕焼けが七時、そして九時にはすっかり暗くなる」

などと、まじめに話し合うにちがいない。私たち人間は、自分の立っている所を中心に考え、自分の見ている所を当然と思い、自分の思いを正しいと見る。そうしたことに陥らぬためにも、許される限りいろいろな国に行き、いろいろな人に接し、いろいろな動物を見、いろいろな植物を眺めることが必要なのだ。まだまだ地上には、見極め得ないものが満ちている。神の創造の多様性をつくづくと思う。

○月○日

三浦、本日も夜業十一時まで。手紙の返事に大わらわ。キロロから帰った日も、一服の茶をのむ暇もなく、仕事にかかった。

キロロと言えば、よくぞ無事に帰ったものと、あとで聞いてびっくり。帰途、幾曲がりの山道を、タクシーは百キロを超えて飛ばし、しばしば対向車線にはみ出して走ったとか。しかも運転手は言ったとか。

「マイカーの連中は不注意でいかん。事故を起こすのも当然」

ああ。

○月○日

庭の温度計三十六度。今夏最高の暑さ。日射病を恐れて散歩に出る勇気なし。

○月○日

『クリスチャン新聞』の佐々木弘記者、記事取材のため来宅。いつ会っても機嫌のいい人。優しくて、活動的で、明るくて、まじめな信仰者。教えられること多し。まじめな信仰者という以上、不まじめな信仰者もあるということ。私はその後者。悔い改めること。

## 驚きは糧

○月○日

今朝、床から起き上がったあと、三浦の手を借りずにズボン下を穿《は》く。三浦大いに喜ぶ。ズボン下は男物。この難病には寒さは禁物。格好など構ってはいられず。

○月○日

夕刻、老人ホーム太陽園の盆踊りに。この一、二年参加出来なかったが、今年は出席。園の評議員の一人なれば、もっと行事に参加して、入園者と心の交流を図る必要あり。されどこの難病の身、思うに委《まか》せず。

今年は密着取材の佐々木弘氏も同行。自分は踊れなくても来賓席より踊りを眺め、屋台より運ばれてくるおでん、焼き鳥、いなりずし等を食べて、大いに満足。車椅子《くるまいす》にて踊る人もあり、胸打たる。

この太陽園の盆踊りは、年々界隈《かいわい》の一般参加者が増え、踊りの輪が多くなる傾向。最終プログラムは花火。今年は新種も多く、幾度も共に喚声を上ぐ。かくの如き喜びと交わりを人間に与えられた神の御業を思って感謝。

帰宅して九時半。三浦直ちに夜業、十一時半まで。今日で夜業一週間に及ぶ。その上、夜は四回も五回も私の介助に起きねばならぬ三浦。只々《ただただ》申し訳なし。

○月○日

敗戦記念日。時には全国民粛として声なし、という一日もあってよいと思うが……。

国体は護持されしと今も耳にあり再びかく言はむ日をあらしむな

三浦のいつか詠んだ短歌を思う。

○月○日

夕立、土砂降り。久しぶりの土砂降り。子供じみた疑問湧《わ》く。雨雲が旭川に来て、辺りが暗む程の土砂降りになるまで、どんな状態だったのであろう。雨雲はぎりぎりまで雨を持ちこたえて、旭川上空に至ったのであろうか。それにしても豪雨に見舞われて泣いた九州の人たちは無事か。水不足に喘《あえ》ぐ地方の人のことも思いやられる。

五時半、川越市より岸本紘牧師来宅。この先生にお会いすると、私の胸の中に快い緊張が漲《みなぎ》る。様々な人生問題を説かれるその明晰《めいせき》な頭脳と信仰。ユーモアに満ちていながら、どこかに一点怖いところがある。そこがまた慕わしい。

○月○日

三浦、肩に強烈な痛み。この時折起こる痛みが、重大な結果を惹《ひ》き起こさねばよいのだが、倒れるまで働く人だ。主に依りすがって、静かに休むこともあって欲しい。イエス・キリストもまた、疲れて休まれたことが聖書には書かれてある。

○月○日

午後、一年ぶりに、木内綾さんのユーカラ館を訪う。相変わらずの賑《にぎ》わいでうれし。ごぶさたを詫《わ》び、少し買い物をして別れる。

帰途、丘の上の観音霊園に寄る。私の父母や兄の骨を埋めた墓もあり。三浦は墓前で祈る時、キリストの名に依って、はっきりと祈る。盆も過ぎた広い霊園には、今日はほとんど人影を見ず。只一組、四、五人の人が少し離れた墓の前にいるのみ。気にもとめずに、姿勢を正して祈り始めようとした瞬間、

「やあ、やあ、やあ、三浦さんじゃないですか」

と、大きな声。見ると、なんと三浦の少年時代から親しい友人田村武さん。私たちの墓の前に寄って来た田村さん一行、「どうぞ、どうぞ」と祈りを促すので、三浦改めて祈る。

「すべてのものを創造された全能の御神、私たち人間に命を与え、この地上に住まわせてくださった恵みを感謝いたします。遠い祖先から代々引き継がれてきた命の尊さを思います。全能者は私たちにその父祖を与え、父母、兄弟を与えてくださいました。どうか私たちが、既にこの世を去った父母、兄弟たちの一生の労苦とその忍耐を常に覚えて、地上での使命を果たすことが出来ますように。世にある私たちをも、世を去った者をも、すべて大能の御手のうちに保ち給う御神が、父母、兄弟の霊を安らわせてくださいますように。私たち人類の罪を負って十字架につき給うたキリストの御名によって、お祈りいたします。アーメン」

この祈りを田村さんたちも、頭《こうべ》を垂れて聞いてくださる。深い友情を感じる。それにしても、街でばったり会ったというのとは、またちがった喜びを私は感じた。人気《ひとけ》のない墓場で、思いがけなく顔を合わせたことが、こんなにうれしいものとは思わなかった。不思議なり。

○月○日

小説『銃口』を担当してくださった眞杉章氏、ご家族と共に来訪。美しい夫人と素敵なお嬢さんが二人。眞杉さんはうれしそうであった。私たちもうれしかった。何となく心洗われるような清々しさを、四人から与えられた。

話題はつい『銃口』に傾く。売れ行きは今もベストセラーとか。間もなく十万部は突破する筈《はず》とか。軍隊を知らぬ女性の私が、どれほどのことを書けるかと心配していただけに、こんなにも多く読んでもらえることに大いに感謝。連載中の眞杉さんのご苦労を改めて思い返す。

○月○日

昨夜半、ぽっかり目を覚ますと、不意に現《うつつ》とも幻聴ともわからぬ言葉を聞く。

「三浦さん、あなたが死んでしまったあとの世の中を思うと、ひどく淋しいです。長く生きていて欲しいです」

声は天井のあたりから聞こえるようでもあり、部屋の隅から聞こえるようでもある。この言葉は既に現実に聞いていた、いや読んだ言葉であった。いつかの読者の手紙にあった一行である。ともあれ私の死を淋しいと言ってくれるそのことが、うれしいというより、かえってひどく淋しかった。声は一度で消えた。再び聞こえるかと耳を澄ましたが、何の音も聞こえない。変に静かだった。

このところ、昼となく夜となくいつも現れていた幽霊（？）たちは姿を見せない。そう言えば幽霊たちは私を囲みながら、未だに一語も発したことはない。もし声をかけられたとしたら、今までのように親近感を失わずにすむだろうか。どんなやさしい言葉をかけてくれても、ありありと姿に現れ、声に現れるのでは、さぞ恐ろしく思われるのではなかろうか。幽霊たちよ、やはり黙っていておくれ。只黙って、私のために執り成しの祈りを捧《ささ》げて欲しい。それにしてもパーキンソン病という病気は、薬の副作用とは言え、何と奇妙な現象をもたらすものであろう。

○月○日

本日、またまた玄関に立っていて仰向けに転倒。これで我が家の中での転倒は五回か。そのうち玄関において三回なり。しかもその度に後頭部を強く打ったが、怪我《けが》はなし。今日も壁に飾ってある大きな絵の額の角に頭が当たりながら、額は紐《ひも》が外れて落ちそうになっただけで落ちずにすむ。もし落ちたら、大怪我となったかも知れず。ここ何ヵ月かのうちに私は玄関で三度倒れている。それも毎回仰向けである。どうやら玄関は鬼門だ。足元がふらつくのか、頭がふらつくのか、自分では見当もつかない。これでは一人で近所を歩くのさえ危険である。常に杖《つえ》と頼む三浦と共にあれということか。三浦こそ迷惑なことなれど、私には神の恵み。

○月○日

聖日。芳賀《しが》先生旅行中のため、札幌より池田隆夫牧師来旭、代わっての説教。宣教師ミス・デントンの特高警察に対する姿勢と愛を、その例話に聞き、いたく感動する。

礼拝後、池田先生に挨拶《あいさつ》。数年前、先生が千歳栄光教会在任中、私は講演に招かれたことがあった。その時のことなど懐かしく思い出されて、少しく歓談せしも、残念ながら時間がなく、すぐに教会をあとにする。

○月○日

北海道新聞社鏡谷報道部長ご来訪。「来る十一月に、北海道新聞文化賞を受けられたし」との勧めなり。思いがけぬこととて少し迷う。聖書には「聖名を崇めさせ給え」という言葉はあるが、この受賞が、この聖句にふさわしいか、どうか。いろいろ話し合ったあと、結局ありがたくお受けすることとする。

○月○日

ニューヨークへ旅行中の村田和子さんより電話。三浦、受話器を置いて曰《いわ》く。

「驚いたねえ今は。昔は長距離電話というと、声を大きくしてもなかなか聞き取りにくかったものだが、ニューヨークからの電話も、隣の室からの電話と、なんら変わりがないんだねえ」

国外との電話は今までにも幾度もあった。その度に驚いてきた筈なのに、今日初めて経験したかのように驚く三浦。この幾度も驚くところに、三浦の真骨頂がある。私たち人間は、絶えず驚いて生きてきた筈だ。電報、電話、汽車、電車、汽船、飛行機、レコード、ラジオ、テレビ等々、そしてワープロ、ファックス、コンピューター等々、その都度人は驚いて、やがては次第に驚かなくなる。驚くことに麻痺《まひ》すれば、人間は初心を忘れる。驚く目を持っていれば、木も草も鳥も虫も、すべては驚異の対象でないものはない。三浦が繰り返し驚くのは、私たち人間を創造し、天地を創造された神の御業に驚いているからだ。驚きは絶えず人間の目を開かせ、向上させるものかも知れない。

# あとがき

日本キリスト教団発行の「信徒の友」に日記抄「生かされてある日々」の連載を始めたのは一九八七年四月号で、最終回は一九九五年三月号であった。その回数は九十六回に及び、単行本として既に二巻が同教団出版部から刊行された。

本書はその三巻目で、主婦の友社から出版される運びとなった。連載最終回は一九九四年八月頃の生活がその内容となっている。そこで、昨年九月から現在までの生活や体験を二、三ここに付記しておくこととする。

タイトルは「難病日記」とした。一九九二年一月に診断されたパーキンソン病の日々が基調となっているからである。その難病であるが、下手《へた》をすると、もうとっくに寝たきりの状態になっていて不思議がなかった。幸い医師の診断と指導が的確だったので、まだ回復の望みがないわけではない。主治医の伊藤和則医師に感謝せずにはいられない。

この九カ月の病状は、本書の内容とそう変わりはない。相変わらず三浦の介助で、夜二回乃至《ないし》四回トイレに立つ。時には足がしびれたり、硬直したりということもあって、六回も七回も三浦を起こし、真夜中マッサージをしてもらうこともある。

体重は遂に三十七・五キロにダウンした。何とか四十キロに戻したいというのが当面の目標である。こんなわけで、仕事はかなり減らした。北海道新聞の日曜版に月一度程度連載していたリレー・エッセイは本年二月で終わり、前述のとおり「信徒の友」の連載も三月号で中止となった。

それでも新連載の自伝「命ある限り」を角川書店の月刊誌「野性時代」に今年一月から始めた。月三十枚、案外容易でない仕事となっている。

長い間の懸案であった書きおろし「新しき鍵《かぎ》」の脱稿も見、この五月には発刊されることとなった。単行本の発行は昨年十一月エッセイ集『小さな一歩から』が講談社から、対談集『希望・明日へ』が、本年二月北海道新聞社から出版された。

ところで、この九カ月間に、日本の社会には様々な事件があった。先ず昨年九月と十月、二度も震度6の地震が、道東釧路に起きた。そして本年一月には阪神大震災の惨状が全国民に伝えられた。死者は五千人にも及び、私自身言い様もない思いで、被災された方々のために、神の励ましを只《ただ》祈るばかりであった。

恐るべき人災もあった。言うまでもなく三月二十日に発生した東京の地下鉄サリン事件である。いったい何と言ったらいいのであろう。同時代に生きる者として、これをどのように受けとめたらいいのであろう。暗澹《あんたん》たる思いは尽きない。

ともあれ、一人一人の命は限りなく貴重なものである。私の難病など取るに足りないものと思うが、苦難に遭《あ》っている人に、本書がいくらかでも慰めとなれば幸いである。

本書の出版に関しては渡辺節氏に多くの協力と配慮をいただいた。ここに感謝申し上げたい。

一九九五年　晩夏

# 解説

石井錦一

遠藤周作さんがエッセイのなかで、次のようなことを書いていた。〈――諸君、諸君がもし生活に多少とも退屈し、おれはこのままでええんやろうかと、ふと思われることがあれば（中略）ワシは諸君をひとつの場所に行ってみることをおすすめする。それは病院だ。できたら古びた大学病院などがええ。夕暮れの大きな病院には窓々に灯りがひとつひとつともる。遠くからそれを見ていると、まるで美しい夜の客船のように目にうつるかもしれん。だが病院とは、生活のなかで他人に見せる仮面ばかりかぶっているワシらが、遂に自分の素顔とむきあわねばならん場所だ。ワシは長い間、病院生活をやったから、これだけは確実にいえるのだが、夕暮れに灯りがうるむ病院の窓では、社会での地位や仕事がなんであれ、自分の人生をじっとふりかえる人びとが住んでいる。病苦のおかげでみんな、そうせざるをえんのでなあ。ワシらの生活には仮面をぬいで、自分の素顔とむきあおうとするときはそうせざるをえんのでなあ。ワシらの生活には仮面をぬいで、自分の素顔とむきあおうとするときはそうざらにない。いや、ひょっとすると、素顔をみることが怖ろしいのかもしれんなあ――〉と。

三浦綾子さんは、素顔をしっかりと私たちに見せてくれた。素顔で書かれたものが、彼女の全作品といってよい。とくに、『北国日記』『生かされてある日々』『難病日記』などは、素顔の三浦綾子さんを全部私たちにみせてくれた。「トイレに何度いった」、「下血した」、「この病気になった」ということを、異常なことではなく、普通のあたりまえの生活として書いている。「病気も、神さまが命じ給うのであれば、『主よ、お従いします』と祈るのみ。70年の間に私の罹《かか》った主な病気を思ってみる。中耳炎、常習扁桃腺《へんとうせん》炎、急性肺炎、盲腸炎、肺結核、脊椎《せきつい》カリエス、血小板減少症、帯状疱疹《ほうしん》、直腸癌《がん》等々、実に多い。それらの病気で失われたものは何か。只《ただ》健康だけで、希望も信仰も失うことはなかった。パーキンソン病でどうなっていくかわからなくても、感謝して生きていこう」。これが三浦綾子さんの最後の年月をもっとも苦しめた病気であったのに、仮面や、信仰者らしくして書かねばということなど何も感じられない素顔の彼女の真実の言葉である。

少し三浦光世・綾子さんご夫妻との私的な出会いを前後するが書いて解説に代えたい。私は、日本キリスト教団出版局で発行している「信徒の友」という雑誌の編集長、松戸《まつど》教会の牧師と兼務して、1972年から22年間責任をもった。「信徒の友」は1964年の創刊であるから、創刊時から編集委員のひとりとして関わっていたが、編集責任をもったたのは、後のことであった。前任の編集者によって「塩狩峠」を連載して、この作品が多くの読者に感動を与えていた。私が編集責任をもった時に、三浦綾子さんに、ぜひ連載執筆をたのむように編集委員会の願いを受けて、旭川《あさひかわ》をたずねてはじめてお会いした。その時、「私は大きな出版社や雑誌に書いて、お金がほしいのではありません。キリスト教雑誌に書くより、一般の出版社や雑誌に書いて、キリスト教の伝道を、私の信仰のあかしをしたいのです。キリスト教会には、りっぱな牧師先生たちがおられるではないですか。私のような者が書かなくてもよいではないですか」と断られました。その時は、私は「わかりました。でも、もう一度お願いに来るかもしれません」といって、その夜、ご夫妻と食事を共にして交わりを与えられた。その時に、私の毎日曜日教会でしている説教が録音されて、カセット・テープにあることを何かの話のきっかけで話した。「ぜひ私たちにも聞かせてほしい」ということで、送りますと約束して、かえってきた。それから数ヵ月して、編集部としては、ぜひもう一度連載を頼みにいってほしいということで、旭川にいった。三浦家の玄関を入ったら、ご夫妻が玄関に土下座して、私を迎えている。これは後で知ったことであるが、感動したとき、感謝するとき、あるいは謝罪するようなことがあるときはいつも土下座するので「土下座の綾子」といわれていたとのことであった。

私は、ご夫妻に土下座して迎えられたので、「ああ、だめだ連載を断るのだ」と思った。そうしたら、その土下座の意味は、私の説教テープを聞いた感謝の土下座であった。ようやく、連載を承知してくださり、「生かされてある日々」が二冊の本になり、この「難病日記」まで書いていただいた。その間には、私が、1985年に病気をして、「胆のう、脾臓《ひぞう》、膵臓《すいぞう》の三分の二」をとる大手術を受けた。当時医師も含めて、周りの人たちは、私が確実に死ぬと思われた。幸いにして、再び生きることを許され、病床のときから、そのまま、編集責任もスタッフに支えられてつづけた。病後、旭川を訪ねる度に、綾子さんが私をみて「先生は奇跡の人ねえ」と何度いわれたことか。私自身は、元気に仕事をすることができるようになったことを感謝しても、「奇跡の人」の実感はなかった。たくさんの病気の中から、作家として多くの作品を発表している綾子さんの方が、本当の「奇跡の人」であった。日記の中では、友人、知人、編集、出版関係者をいつもほめている。悪口、批判と思えるものは、ほとんどない。お会いして雑談のなかで、私たちが、勝手な人の批判などしても、笑いながら聞いているだけであった。しかし、作品の中には、人間を見る眼ときびしさとあたたかさをしっかりともっていた人であることは、よくわかる。私は、編集者としてお会いするのであるが、ご夫妻は、どんな時にも、牧師としての私に対する尊敬と愛をいつも示してくださった。

私個人としての三浦綾子さんとの出会いを書いたが、おそらく三浦綾子さんに会った人たちは、みんな、自分が一番三浦さんに親しくしていただいたと思っていると思う。誰に対しても、深い友情と愛をもって接した人であった。たった一度あっただけ、あるいは、手紙をいただいた、電話で話したという人々は、作品を読んで感動した上に、その一度の出会いによって、三浦綾子さんこそ、私のことをもっとも理解してくれる人と思っている人たちがたくさんいる。そのように出会いを大切にしてくれた人であった。

この「難病日記」が書けなくなった後に、私が、三浦家をおたずねした時は、対面してお話をするとき、ほとんど聞き取ることができないというような小さな声であった。私ももっとも親しくしていただいた一人として、いつも光世さんがそばにいて、手当している様子を知っているので、「きょうはしばらく私がしてあげる」といって、やせおとろえた身体と、手足をさすりながら、お話をした。声は小さく、あの元気な時の笑顔も、パーキンソン病の故に、見ることができなくなっていたが、それでも、小さな声で、折々にユーモアをもって語りかけ、ふとほほえみの顔を見せてくれたのが私にとって、この世で最後の出会いの日であった。今、なつかしく思い出している。元気に作品を書いていたとき、講演をされた時、その折々の出会いを思い出しながら、あらためて、本書を読んで、綾子さんは、「私には最後にまだ死ぬという仕事がある」と語ったということが忘れられない。

たくさんの病気をし、たくさんの人々との出会いと交わりをもち、何より深く愛した光世さんとの別れは、つらいことであったろうと思う。『北国日記』の中に、次のような文がある。「某氏と食事を共にして、たまたま嫉妬《しっと》の話題になった。「わたしはね、三浦が浮気をするから嫉妬するなどというのじゃなくて、やさしくされても嫉妬するのよ。この人はこんなにやさしい人だから、他の人と結婚してもやっぱりわたしに対すると同じようにその相手にやさしくすると思うの。そう思うと妬《や》けてしまうわけなのよ」。私はこのことを時々人に語るのだが、聞く人に二通りの反応がある。その一つは、私のいわんとするところを、素早く捉《とら》えて、私が嫉妬の本質について語っているのだとわかる人。もう一つは、私の言葉に正直に呆《あき》れて、「そんなのぜいたくですよ」とか、「呆れた人ですね」と言う人々である。人間性を理解する深さ広さが、その時に顔をのぞかせるとある。三浦綾子さんは、光世さんと、天の国と地上の世界と離れていても、きっと「あんまりみんなにやさしくしないでね。でもわたしのところにくるまで、やさしくしててね」と語っているにちがいない。私は光世さんが、残された人生を綾子さんのやさしさを忘れずに、神さまのために、よいあかしをしていってほしいと祈っている。綾子さんもきっと祈っていてくれると信じている。

本書は一九九五年十月、主婦の友社より
単行本として刊行されたものです。

# 難病日記《なんびょうにっき》

三浦綾子《みうらあやこ》

平成12年 6月25日　初版発行
令和7年 2月15日　10版発行

発行者●山下直久

発行●株式会社KADOKAWA
〒102-8177　東京都千代田区富士見2-13-3
電話　0570-002-301（ナビダイヤル）

角川文庫 11543

印刷所●株式会社KADOKAWA
製本所●株式会社KADOKAWA

表紙画●和田三造


ISBN978-4-04-143719-3　C0195

# 角川文庫発刊に際して

角川源義

第二次世界大戦の敗北は、軍事力の敗北であった以上に、私たちの若い文化力の敗退であった。私たちの文化が戦争に対して如何に無力であり、単なるあだ花に過ぎなかったかを、私たちは身を以て体験し痛感した。西洋近代文化の摂取にとって、明治以後八十年の歳月は決して短かすぎたとは言えない。にもかかわらず、近代文化の伝統を確立し、自由な批判と柔軟な良識に富む文化層として自らを形成することに私たちは失敗して来た。そしてこれは、各層への文化の普及滲透を任務とする出版人の責任でもあった。

一九四五年以来、私たちは再び振出しに戻り、第一歩から踏み出すことを余儀なくされた。これは大きな不幸ではあるが、反面、これまでの混沌・未熟・歪曲の中にあった我が国の文化に秩序と確たる基礎を齎らすためには絶好の機会でもある。角川書店は、このような祖国の文化的危機にあたり、微力をも顧みず再建の礎石たるべき抱負と決意とをもって出発したが、ここに創立以来の念願を果すべく角川文庫を発刊する。これまで刊行されたあらゆる全集叢書文庫類の長所と短所とを検討し、古今東西の不朽の典籍を、良心的編集のもとに、廉価に、そして書架にふさわしい美本として、多くのひとびとに提供しようとする。しかし私たちは徒らに百科全書的な知識のジレッタントを作ることを目的とせず、あくまで祖国の文化に秩序と再建への道を示し、この文庫を角川書店の栄ある事業として、今後永久に継続発展せしめ、学芸と教養との殿堂として大成せんことを期したい。多くの読書子の愛情ある忠言と支持とによって、この希望と抱負とを完遂せしめられんことを願う。

一九四九年五月三日

# 角川文庫ベストセラー

## 海嶺(上)(中)(下)　三浦綾子

遠州灘で遭難し、奇跡的に北アメリカに漂着した岩松ら3人を数奇な運命が待ち受けていた……歴史の歯車が大きく動き始めた19世紀前半の世界を背景に、人間の真実の姿を問う時代巨編！

## 母　三浦綾子

明治初め、東北の寒村に生まれた小林多喜二の母セキ。大らかな心で多喜二の理想を見守り、人を信じ、愛し、懸命に生き抜いたセキの、波乱に富んだ一生を描く。感動の長編小説。

## 銃口(上)(下)　三浦綾子

昭和2年、旭川の小学生竜太は、担任に憧れる。成長し、教師になるが、理想の教育に燃える彼を阻むものは、軍国主義の勢いであった。軍旗はためく昭和を背景に戦争と人間の姿を描いた感動の名作。

## 霧笛荘夜話　新装版　浅田次郎

とある港町、運河のほとりの古アパート「霧笛荘」。誰もが初めは不幸に追い立てられ、行き場を失ってここにたどり着く。だが、霧笛荘での暮らしの中で、住人たちはそれぞれに人生の真実に気付き始める——。

## 死を語り生を思う　五木寛之

少年の頃から死に慣れ親しんできた著者。瀬戸内寂聴、小川洋子、横尾忠則、多田富雄という宗教・文学・芸術・免疫学の第一人者と向かい合い、〝人間はどこからきて、どこにいくのか〟を真摯に語り合う。

# 角川文庫ベストセラー

## キップをなくして　池澤夏樹

駅から出ようとしたイタルは、キップがないことに気が付いた。キップがない！「キップをなくしたら、駅から出られないんだよ」。女の子に連れられて、東京駅の地下で暮らすことになったイタルは。

## 星に降る雪　池澤夏樹

男は雪山に暮らし、地下の天文台から星を見ている。死んだ親友の恋人は訊ねる、何を待っているのか、と。岐阜、クレタ。「向こう側」に憑かれた2人の男。生と死のはざま、超越体験を巡る2つの物語。

## 言葉の流星群　池澤夏樹

残された膨大なテクストを丁寧に、透徹した目で読み進むうちに見えてくる賢治の生の姿。突然のヨーロッパ志向、仏教的な自己犠牲など、わかりにくいとされる賢治の詩を、詩人の目で読み解く。

## アトミック・ボックス　池澤夏樹

父の死と同時に現れた公安。父からあるものを託された美汐は、殺人容疑で指名手配される。張り巡らされた国家権力の監視網、命懸けのチェイス。美汐は父が参加した国家プロジェクトの核心に迫るが。

## キトラ・ボックス　池澤夏樹

考古学者の三次郎は奈良山中で古代の鏡と剣に巡り合う。剣はキトラ古墳から持ち出されたのか。ウイグル出身の研究者・可敦と謎を追ううち何者かに襲われた可敦を救うため三次郎は昔の恋人の美汐に協力を求める。

# 角川文庫ベストセラー

約束　石田衣良

池田小学校事件の衝撃から一気呵成に書き上げた表題作はじめ、ささやかで力強い回復・再生の物語を描いた必涙の短編集。人生の道程は時としてあまりにもハードだけど、もういちど歩きだす勇気を、この一冊で。

美丘　石田衣良

美丘、きみは流れ星のように自分を削り輝き続けた……平凡な大学生活を送っていた太一の前に現れた問題児。障害を越え結ばれたとき、太一は衝撃の事実を知る。著者渾身の涙のラブ・ストーリー。

恋は、あなたのすべてじゃない　石田衣良

〝自分をそんなに責めなくてもいい。生きることを楽しみながら、恋や仕事で少しずつ前進していけばいい〟——思い詰めた気持ちをふっと軽くして、よりよい女になる為のヒントを差し出す恋愛指南本!

再生　石田衣良

平凡でつまらないと思っていた康彦の人生は、妻の死で急変。喪失感から抜けだせずにいたある日、康彦のもとを訪ねてきたのは……身近な人との絆を再発見し、ふたたび前を向いて歩き出すまでを描く感動作!

マタニティ・グレイ　石田衣良

小さな出版社で働く千花子は、予定外の妊娠で人生の大きな変更を迫られる。戸惑いながらも出産を決意したが、切迫流産で入院になり……妊娠を機に、自分の生き方を、夫婦や親との関係を、洗い直していく。

# 角川文庫ベストセラー

アンネ・フランクの記憶　小川洋子

十代のはじめ『アンネの日記』に心ゆさぶられ、作家への道を志した小川洋子が、アンネの心の内側にふれ、極限におかれた人間の葛藤、尊厳、信頼、愛の形を浮き彫りにした感動のノンフィクション。

刺繍する少女　小川洋子

寄生虫図鑑を前に、捨てたドレスの中に、ホスピスの一室に、もう一人の私が立っている——。記憶の奥深くにささった小さな棘から始まる、震えるほどに美しい愛の物語。

偶然の祝福　小川洋子

見覚えのない弟にとりつかれてしまう女性作家、夫への不信がぬぐえない妻と幼子、失踪者についつい引き込まれていく私……心に小さな空洞を抱える私たちの、愛と再生の物語。

夜明けの縁をさ迷う人々　小川洋子

静かで硬質な筆致のなかに、冴え冴えとした官能性やフェティシズム、そして深い喪失感がただよう——。小川洋子の粋がつまった粒ぞろいの佳品を収録する極上のナイン・ストーリーズ！

不時着する流星たち　小川洋子

世界のはしっこでそっと異彩を放つ人々をモチーフに、現実と虚構のあわいを、ほんのり哀しく、滑稽で愛おしい共感の目でとらえた豊穣な物語世界。バラエティ豊かな記憶、手触り、痕跡を結晶化した全10篇。

# 角川文庫ベストセラー

## チョコリエッタ　大島真寿美

幼稚園のときに事故で家族を亡くした知世子。孤独を抱え「チョコリエッタ」という虚構の名前にくるまり逃避していた彼女に、映画研究会の先輩・正岡はカメラを向けて……こわばった心がときほぐされる物語。

## 戦友の恋　大島真寿美

「友達」なんて言葉じゃ表現できない、戦友としか呼べない玖美子。彼女は突然の病に倒れ、帰らぬ人となった。彼女がいない世界はからっぽで、心細くて……大注目の作家が描いた喪失と再生の最高傑作！

## かなしみの場所　大島真寿美

離婚して雑貨を作りながら細々と生活する果那。離婚のきっかけになった出来事のせいで家では眠れず、雑貨の卸し先梅屋で熟睡する日々。昔々、子供の頃に誘拐されたときのことが交錯する、静かで美しい物語。

## ほどけるとける　大島真寿美

女の子特有の仲良しごっこの世界を抜け出したくて、高校を突発的に中退した美和。祖父が営む小さな銭湯を手伝いながら、取りまく人々との交流を経て、進路を見いだしていく。ほわほわとあたたかな物語。

## 銀の匙　中　勘助

書斎の小箱に昔からある銀の匙。それは、臆病で病弱な「私」が口に薬を含むことができるよう、伯母が探してきてくれたものだった。成長していく「私」を透明感ある文章で綴った、大人のための永遠の文学。

# 角川文庫ベストセラー

## 神と野獣の日　松本清張

「重大事態発生」。官邸の総理大臣に、防衛省統幕議長がうわずった声で伝えた。Z国から東京に向かって誤射された核弾頭ミサイル5個。到着まで、あと43分！　SFに初めて挑戦した松本清張の異色長編。

## 落差(上)(下)新装版　松本清張

日本史教科書編纂の分野で名を馳せる島地章吾助教授は、学生時代の友人の妻などに浮気心を働かせていた。教科書出版社の思惑にうまく乗り、島地は自分の欲望のまま人生を謳歌していたのだが……社会派長編。

## さぶ　山本周五郎

無実の罪で島流しとなった栄二。世を恨み、意固地になった彼の心を溶かしたのは、寄場の罪人たち、そして弟分のさぶがくれた、人情のぬくもりだった……成長、そして友情を巧みに描いた不朽の名作。

## 五瓣の椿　山本周五郎

大切な父が死んだ夜、母は浮気の最中だった。おしのは母、そして浮気相手の男たちを憎み、次々に復讐を果たしていくが、彼女自身も実は不義の子で……山本周五郎版「罪と罰」の物語。

## 柳橋物語　山本周五郎

幼さゆえに同情と愛とを取り違え、庄吉からの求愛を受け入れたおせん。しかし大火事で祖父と幼な馴染の幸太を失ったことを皮切りに、おせんは苛烈な運命へと巻き込まれてゆく……他『しじみ河岸』収録。